을의 나라에 온 걸 환영해.
곳은 사람들의 후회가 모이는,
상 일출 직전인 나라지.
리고 나는 이 나라의 왕이야."

유미엘라, 정체불명의 나라로 흘러들다?!

패트릭 애시버튼
변경백 가문의 차남.
유미엘라의 약혼자.
유미엘라 도르크네스
여성향 게임의 악역 영애이자
「히든 보스 영애」.

레문
어둠의 신.
“누나는 좌반신만 죽어서,
거기만 노을의 나라에 있는 거야.”
엘레노라 힐로즈
전 공작 가문의 외동딸.
고집이 세고 순진함.

"내가 바라는 건
발샤인 왕국의 멸망이야."
"그런 모습이 되어서까지
무엇을 바라는 거냐.
되살아나서 뭘 할 셈이지?"
발샤인을 건국한 「용사」와 그에게 봉인된 마왕이 대치한다──.

AKUYAKU REIJO LEVEL 99

악역영애 레벨 99 6

~히든 보스는 맞지만 마왕은 아니에요~

타나바타 사토리 글

Tea 그림

AKUYAKU REIJO LEVEL 99

CONTENTS

프롤로그

왕도에서 돌아온 지 일주일 정도 됐나. 연말도 코앞으로 다가왔다.

연말이라고 할까 건국일이다. 발샤인 왕국력의 시작점이 그 건국일인데, 마침 딱 겨울이라 나는 설날이라 여기고 있다.

가을 수확도 끝나고 세금 계산도 마친 시기. 서민도 귀족도 건국제 때는 일을 쉬고 축하하는 게 관례다.

하지만 도르크네스령에 쉴 시간은 없다. 건국제의 열기가 식고 봄이 되어 바빠지기 전 절묘한 일자에 나와 패트릭의 결혼식이 예정되어 있기 때문이다. 초대장은 이미 각 관계자에게 흩뿌려진 지 오래다.

나답지 않게 왕도의 분쟁에 휘말리기도 해서 한숨 돌리고 싶지만 나에게는 쉴 틈이 없다. 나도 결혼하는구나…… 하고 감상에 젖을 시간조차 없다.

나는 영주의 집무실에서 세금 관련 서류를 노려보고 있었다. 올해는 취임도 기념할 겸 인기를 얻기 위해 세금을 면제했지만, 수확량은 제대로 기록해서 세금을 걷었다고 가정했을 때의 수치를 산출하고 있다.
내년 이후부터는 더 힘들어질 걸 생각하니 벌써 우울하다. 기지개를 켜는데 엘레노라가 다가왔다.
"유미엘라⋯⋯ 지금 시간 괜찮아?"
"무슨 일 있나요?"
"아니, 용건이 있는 건 아닌데⋯⋯ 잠시 대화를 나누고 싶어서. ⋯⋯안 돼?"
엘레노라 귀여워 만세!
이렇게 하면 귀엽구나. 다음에 나도 패트릭을 상대로 써 봐야지. 적당한 의제를 날조해서 대화할 계기를 만들었었는데, 지금 생각해 보면 귀염성이 없었을지도 모르겠다.
나는 기꺼이 엘레노라를 들였다.
"좋아요. 저도 마침 숨을 돌리고 싶은 참이었어요."
"신난다! 너무 기뻐."
사이좋은 엘레노라와는 어떤 대화를 해도 즐겁다. 엘레노라가 중요하게 생각하는 것이라면 나는 관심이 없는 화제라도 어찌 되든 좋은 화제라도 경청한다. 그것이 한 명의 사람을 존중하는 태도니까!
"유미엘라한테 소개한 향수 있잖아? 진짜보다 진짜의⋯⋯."
아무리 본인에게 의욕이 있다 해도 일반인이 시속 160km의 직구를 던질 수 없듯이 사람에게는 아무리 애를 써도 할 수 없는 일이 있다.
그러니까 어쩔 수 없습니다. 엘레노라는 향수 얘기를 시작하면 멈추지 않거든요. 질문 하나에 대답이 백 개만큼 돌아온다고요. 네 시간을 쉴 새 없이 떠드는 정도는 아무렇지도 않게 하는 분입니다.

하지만 아무리 나라도 몇 번이나 이런 경험을 하면 향수 지식이 탑재되는 법이다. 엘레노라가 지금부터 무슨 이야기를 하려는지도 안다. 말을 맞추는 것도 여유롭다.

"알아요. 파르페우의 창업자, 가짜 향기를 만든 사람…… 조향사 세람 씨 말이죠?"

파르페우는 엘레노라의 최애 향수 브랜드다. 학생 시절부터 몇 번이나 들어서 나도 외웠다. 그러니까 설명은 안 해도 괜찮습니다.

"분명…… 풍경이라든가 사물이라든가 문화라든가, 주위에서 아이디어를 얻어 향수를 만든……."

"네람 님이야. 처음부터 설명해 줄게."

그렇구나, 세람이 아니라 네람이었구나.

셋과 넷을 착각했을 뿐인데 엘레노라는 친절하게도 처음부터 설명해 준단다. 얘기가 길어지겠군.

그리고 영겁의 시간이 지나 바다는 말라붙고 대지는 건조해지고 이 세상의 모든 것이 풍화되었으며, 엘레노라는 신나게 수다를 떤 끝에 마침내 진실에 도달했다.

"거기서 알았어! 그것들은 전부 거짓말이었던 거야!"

"그럴 수가?! 전부 꾸며낸 이야기였다니!"

맞장구를 치긴 했는데, 이거 향수 이야기 맞지?

엘레노라의 안쓰러운 설명 능력과 나의 안쓰러운 이해력, 쌍벽을 이룬 안쓰러움 때문에 대화의 흐름을 전혀 못 쫓아가겠다. 차 높이를 너무 낮추면 자동차의 성능이 저하되는 것과 마찬가지다.

일단은 이야기가 마무리되었는데, 엘레노라는 자기가 너무 열변을 토했음을 깨달은 듯했다.

"나도 참, 내 얘기만 하고…… 유미엘라는 요즘 뭐 궁금한 거 있어?"

왔구나, 운명의 분기점. 여기서 공통된 화제를 꺼내면 둘이서 뜨거운 대화를 나눌 수 있다.

여기서는 신중하게 안전책으로 가자. 전 인류가 관심 있어 할 만한…… 앗!

"이 나라의 기술로 만들 수 있는 강력한 위장형 무기 얘기는 어때요?"

"유미엘라는 그런 걸 정말 좋아하는구나……."

환한 미소를 짓고 있던 엘레노라가 갑자기 풀이 죽었다.

설마 기계장치로 된 무기 화제는 걸즈 토크에 적합하지 않다는 말인가?

엘레노라는 슬프다기보단 어이가 없다는 표정으로 말을 이었다.

"이미 강한데 이 이상 뭐랑 싸울 셈이야?"

"그냥 멋있으니까 갖고 싶은 것뿐이에요. 전 전투 민족이 아니거든요."

"하지만 자기보다 강한 사람과 싸우고 싶다는 무인 같은 생각을 하잖아?"

"저보다 강한 사람을 찾는 게 아니에요. 제가 제일 강하니까 저보다 강하다고 거짓말을 하는 사람이 있으면 용서할 수 없는 것뿐이죠."

"유미엘라와 맞설 수 있는 건 아마 유미엘라밖에 없을 거야."

나와 맞설 수 있는 건 나뿐? 2호 말인가……?

평행세계의 유미엘라를 떠올린 나였으나 엘레노라는 2호를 나와 똑 닮은 별개의 사람으로 안다. 말투로 보아 2호가 아닌 듯하니 말 그대로 나끼리 싸우라는 소리다.

"저와 저…… 말인가요?"

다시 말해 분신이랄지 복제랄지 육체 스펙, 레벨, 사고, 모든 것이 동일한 나와 싸우게 된다는 뜻이다.

얼굴을 때리려고 해도 리치가 같으니까 크로스 카운터가 되겠지. 그러면 나는 일부러 하단 차기를 선택해서…… 아니, 상대도 나니까 같은 생각을 하려나. 그럼 그것조차 읽고 뛰어차기를…… 이것 역시 저쪽도 생각하겠지.

사고 능력과 상관없는 진흙탕 싸움이 된다면 어떨까. 가짜가 진짜를 이길 리 없다. 하지만 저쪽은 저쪽대로 자기가 진짜라고 여기니까…….

서로가 서로의 생각을 읽고 같은 타이밍에 움직이려던 게 견

제가 되어 다시 서로를 노려본다. 마법도 생각해 봤지만 마법을 발동할 때는 상당한 빈틈이 생기니까 좀처럼 타이밍을 잡기 힘들…….

"유미엘라! 유미엘라!"

"아? 어? 뭐죠?"

왜 엘레노라가 내 이름을 부르는 거지. 그보다, 여기에 있었던가?

맞다. 엘레노라랑 대화 중이었지. 상상 속의 나와 싸우다가 과몰입 상태에 빠졌다.

"죄송합니다. 상상이 멈추지 않아서요."

"화제를 꺼낸 나도 잘못했을지 모르지만…… 그렇게 진지하게 생각할 필요는 없잖아? 만약의 이야기인걸."

"그 가정을 너무 깊게 생각해 버려서요."

"생각해 봤자 어쩔 수 없잖아? 유미엘라도 분신은 못 만드니까. 혼자서 오른쪽과 왼쪽으로 나뉘어서 싸울 수도 없는 노릇이고."

"오른쪽과, 왼쪽……?"

"아, 실수했다."

그렇군. 유미엘라 도르크네스는 의심의 여지가 없는 최강의 세계 1위지만 유미엘라의 우반신과 좌반신 중 어느 쪽이 더 센지는 아직 밝혀지지 않았다.

나는 오른손잡이니까 우반신이 더 세지 않을까.

하지만 마찬가지로 오른손잡이였던 전생에서는 왼손의 악

력이 더 셌다. 기술의 오른손과 힘의 왼손, 어느 쪽이 최강일까. 지금의 악력은 어느 정도일까? 오른손과 왼손의 출력은 얼마나 다를까.

"유미엘라! 유미엘라! 이거 이미 글렀네……."

손만 판단 기준이 되는 건 아니다. 심장은 왼쪽에 있고 간은 오른쪽이 더 크고…… 그런 내장의 위치도 판단 기준이 될지 모른다.

내장 얘기라면 우뇌와 좌뇌도 관련이 있으려나. 전투에 중요한 공간 인식 능력은 우뇌가 담당한다. 그러니까 우반신이 더…… 어라? 하지만 우뇌가 움직이는 건 좌반신이니까…… 응? 우반신의 아군은 좌뇌고, 좌반신의 아군은 우뇌라는 뜻인가? 신경이 교차된다는 의미로는 눈도 마찬가지다. 오른쪽 눈의 정보는 좌뇌로 전달된다.

"패트릭 님! 도와주세요! 유미엘라가 상상의 세계로 떠나서 돌아오질 않아요!"

주로 쓰는 손과 눈은 오른쪽이지만 공을 차는 건 왼발이었지. 발차기도 왼쪽이 먼저 나간다. 그러니 펀치는 오른쪽이 우세고, 킥은 왼쪽이 강할 것이다.

하지만 아무리 그래도 우반신이 더 강할 것 같은데……. 아아, 하지만 교차 신경 문제가 해결되지 않았잖아. 우뇌는 어느 쪽의 편일지 확실히 해 두고 싶은걸.

"유미엘라! 유미엘라! 데이몬이 추가 보고서를 가져왔어!"

"쿠키 가져왔어~ 앗! 먹었어요!"

우 유미엘라와 좌 유미엘라, 어느 쪽이 더 셀지 결판이 날 기미가 없어 보였다. 쿠키 맛있네.

아아, 입을 생각 안 했군. 입이 반토막 나면 말하기도 힘들겠어. 입이 반으로 나뉘면 좌우 중 어느 쪽이 더 말하기 편할까? 마법 영창 같은 건 없으니까 입은 필요 없을 듯하지만 연계할 때는 꼭 필요하다.

지금은 유미엘라 좌우 데스매치를 생각하는 중이니까 연계는 고려 안 해도 되려나. 그럼 입에 관한 생각은 그만두자.

홍차 맛있네.

"입가에 들이밀었더니 홍차도 마셨어요!"

"의식은 있구나. 없는 것처럼 보일 만큼 멍할 뿐."

"패트릭 님. 이거 어떡하죠?"

"으음…… 원래대로 돌아오길 기다리는 수밖에. 오늘은 일단 재우고 내일 상태에 따라서……."

잠깐. 내 왼손에는 마도구를 겸한 약혼반지가 끼워져 있잖아. 패트릭이 담아 준 바람 속성 마력이 승패를 가르는 한 수가 될지도 몰라.

바람…… 즉 사이클론인데 왼쪽이라니 이상하지 않나? 바람이라면 오른쪽 아닌가? 그럼 약혼반지도 오른쪽으로 바꿔 껴야 하나?

"리타! 리타! 지금이라면 유미엘라를 마음껏 화장시킬 수 있어! 욕실에서 지워 버리면 눈치 못 챌 거야!"

"유미엘라 님은 왜 넋이 나가신 거죠?"

“상상 속에서 결투를 벌이느라 바쁠 뿐이니까 걱정해 봤자 손해야.”

좌우 비대칭 로봇 마니아를 자부하면서 나 자신은 거의 선대칭을 이루는 인간이라니. 하지만 대칭이라 해도 좌우가 완전히 일치할 리 없다. 그렇기에 복제와 싸우는 것보다 더 골치 아픈 전개가 되고 있다.

“설마 밤까지 이대로일 줄은…….”

“눈 뜬 채 자는 걸까요?”

흠. 조건 정리도 끝났으니 슬슬 머릿속에서 실전으로 싸워 볼까.

“우 VS 좌! 시합 개시!”

“안 자는 것 같아.”

“그렇네요. 아직 돌아오지 않았을 뿐인가 봐요.”

어느새 밤이 되어 나도 모르는 사이에 침대에 누워 있다가 의도치 않게 잠든 모양이다.

1장 히든 보스(좌), 노을의 나라에서 눈뜨다

눈을 뜨니 어둑어둑했다.

어느새 잠든 걸까 하고 왼쪽 눈을 비비며 일어나 보니 야외였다. 참 와일드한 기상이군.

마치 잠결에 정원에 나온 사람처럼 주위를 둘러본 나는 깜짝 놀랐다.

"어? 진짜 어디지?"

자고 일어나 보니 진짜로 모르는 곳에 있었다.

전혀 모르는 곳이고 여기가 어디쯤인지 짐작도 안 간다.

내 모습을 확인해 보니 평소와 같은 원피스 차림이었다. 잠옷에서 바뀌었…… 어라? 내가 어젯밤에 잘 때 잠옷으로 갈아입었던가? 기억이 애매하다.

눈앞에는 붉은 황야가 펼쳐져 있고, 시야에는 건물도 식물도 없었다. 있는 건 불그스름한 바위와 모래가 뒤섞인 대지뿐.

일어나 보니 붉은 사막 같은 곳에 있었던 건에 대하여.

하지만 이곳의 특징으로 꼽은 붉은색…… 바위와 모래의 대지는 원래 그 색이 아닌 듯했다.

해가 붉었기 때문이다. 지평선 너머에서 태양의 붉은 빛이 새어 나오고 있었다. 태양 자체는 보이지 않지만 하늘과 대지가 진홍색으로 물들었다.

저녁노을일까 아니면 아침노을일까. 잠든 시간을 생각하면 아침노을이려나?

일어나 보니 다른 곳에 와 있다는 영문 모를 현상에 휘말린 지금은 시간 감각도 완전히 신뢰할 수 없을 듯했다.

붉은 세계를 바라보며 이것저것 생각하다가 알았다. 내 기억에 명백히 혼란스러운 부분이 있다.

어제 오후까지의 기억은 있지만 밤에는 무슨 일이 있었는지 잘 기억이 안 난다. 무언가를 먹었던 듯한 기억, 화장을 한 기억, 아무렇게나 눕혀진 기억…… 희미하게 떠오르긴 하지만 전부 꿈처럼 느껴지기도 했다.

뭐, 시간에 관해서는 기다려 보면 알 수 있겠지. 해가 떠오르면 아침, 저물면 저녁. 확률적으로는 2분의 1, 마치 내기라도 하는 느낌으로 내 예상을 말해 보았다.

"으음…… 이건 아침노을이야!"

"너에겐 그렇게 보이는구나."

갑자기 오른쪽에서 말소리가 들려왔다.

화들짝 놀라 고개를 그쪽으로 돌리자 금발의 청년이 내 바로 옆에 서 있었다. 왜 지금까지 알아차리지 못했지? 경계 수준을 끌어올린 뒤 그 사람과 대치했다.

정체를 모르는 청년의 복장을 머리부터 발끝까지 관찰한 바에 따르면 이 사람은 왕인 듯했다.

군복 같은 디자인이지만 포인트마다 귀족의 예장 요소가 가득 담긴 의상. 허리춤에 찬 서양식 검은 장식이 너무 많아 의례용처럼 보였다.

그리고 무엇보다 머리 위에 금색 왕관이 올라갔다. 비단결처럼 부드러워 보이는 금발도 고귀한 출신을 암시하는 듯했다.

"어디에서 나타난 거죠?"

"계속 여기에 있었어. 네가 진정될 때까지 지켜보는 게 좋을 것 같아서. 여기로 오는 사람은 처음에 혼란스러워하거든."

"그랬나요? 눈치 못 챘네요."

"살짝 뒤쪽에 자리 잡아서 그런가? 오른쪽에 있었던 것도 실수였을지도."

나는 눈을 뜨자마자 주위를 둘러보았을 텐데. 360도를 확인할 정도로 고개를 움직이지 않았던가…… 사각이 생긴 건가?

틀림없이 일반인은 아니겠지만 사람을 만나서 다행이다. 여기가 어딘지 물어보고 일단은 돌아갈 방법을 찾아야겠지. 워프인지 납치인지, 수면 중에 이동한 이유는 나중에 알아보면 된다.

내가 그런 생각을 하는 동안 그 사람은 빛이 새어 나오는 지평선을 지긋이 바라보았다. 자신감 넘치는 당당한 자세와 쓸쓸한 표정으로 먼 곳을 보고 있었다.

나도 말없이 그 사람의 얼굴을 바라보고 말았다.

머지않아 왕 같은 옷차림을 한 그 사람은 내 시선을 알아차리고 입을 열었다.

“별로 당황하지 않는 사람은 보기 드문데…… 노을의 나라에 온 걸 환영해.”

“노을의 나라?”

“말 그대로야. 이곳은 사람들의 후회가 모이는, 항상 일출 직전인 나라지. 그리고 나는 이 나라의 왕이야.”

노을의 나라……? 들어본 적 없는데. 심지어 계속 일출 직전이라니…… 무슨 뜻이지?

혼란스러워하고 있지만 내 경우엔 그게 표정에 전혀 드러나지 않겠지. 그 사람은 뜸 들이지 않고 바로 말을 이었다.

“난 옛날부터 국왕님이라고 불렸어. 가끔 용사라 불리기도 하지만…… 마음 가는 대로 불러.”

“하아……. 국왕님은 아는 사람 중에도 있으니 용사님이라고 부를게요.”

“알겠어. 그럼 네 이름은 뭐지?”

당연한 흐름으로 그런 질문을 받은 나는 고민했다.

솔직하게 유미엘라 도르크네스라고 소개해도 될까.

이유는 모르지만 자던 중에 난생처음 보는 곳으로 왔고, 이곳은 분명 발샤인 왕국은 아니다. 이웃 나라 렘레스트에서 내 이름을 밝히면 혼란이 발생하기도 하고, 유미엘라의 악명이 퍼진 곳에서는 가명을 쓰는 게 득책이다.

패트릭의 형 길버트에게는 엘레노라라고 자칭했었다. 하지만 엘레노라는 나랑 너무 친한 사람이라 엘레노라라고 불렸을 때 반응하기 힘들어서 고생했던 경험이 있다.

전생의 이름……은 왠지 쓰고 싶지 않으니까 전생에서 게임할 때의 플레이어 명을 쓸까? 하지만 현실에서 '찹쌀떡' 이라고 불리는 건 오프라인 모임에 온 것 같아서 부끄러운데.

이왕이면 더 멋있는 이름을 써 볼까? 이것저것 고민한 끝에 너무 말이 없어서 수상하게 여길까 봐 초조해진 나는 자기소개를 했다.

"제 이름은 조커."

저질렀다. 조커는 아니잖아, 조커는. 좀 부끄럽다. 너무 아프다. 얼굴에서 불이 나올 것 같다.

그런 아픈 이름을 자칭 용사는 진지하게 받아들였다.

"환영해, 조커."

"유미엘라입니다. 유미엘라. 사실은 유미엘라라는 이름이니 그렇게 불러 주세요."

"응? 조커는 가문 이름이야? 그럼 유미엘라 조커인가?"

"유미엘라 도르크네스입니다. 조커는 잊어 주세요."

아아~. 조커라고 말하지 말걸.

조커를 자칭하고도 용서받을 수 있는 건 광대와 괴도와 메탈밴드와…… 꽤 많긴 하네. 중2병은 어떤 게 계기가 돼서 재발할지 모르니 조심해야 한다.

아직도 소재지가 어딘지 알 수 없는 노을의 나라. 이 땅에 유미엘라라는 이름은 알려져 있을까……?

하지만 의외로 용사가 반응을 보인 것은 유미엘라라는 이름이 아니었다.

"도르크네스는 들어본 기억이 있어. 어디였더라…… 분명 어딘가의 백작 가문을 모시는 곳이었을 텐데."

"그건 이름만 같은 다른 가문일 거예요. 발샤인 왕국이라는 곳의 백작 가문이거든요."

"그렇구나! 발샤인 왕국의 영애였구나!"

왕국 이름을 들은 용사는 기쁘게 말했다.

도르크네스 가문도 그렇고 발샤인 왕국도 그렇고 이상한 부분에 반응하는 사람이다.

반응이 이상하지만 왕국을 아는 모양이라 다행이다. 아무도 발샤인을 모를 만큼 먼 곳에 있는 건 아닐까 하는 불안이 단숨에 해소됐다.

마치 동향 출신이라고 들은 사람처럼 기뻐하는 용사를 보니 왕국과 관계가 있는 사람일지도 모른다. 돌아가는 길을 바로 알 수 있을 것 같다.

"발샤인 왕국을 아시는군요."

"물론이지. 꽤 오래전이라서 그 나라가 지금 어떻게 되어 있을지는 모르겠지만."

"노을의 나라에서 발샤인 왕국까지는 거리가 어느 정도인가요? 돌아가는 길을 알고 싶어서요."

"돌아간다고? 발샤인으로?"

"그야…… 아, 믿으실지 모르겠지만 잠에서 깨어 보니 여기에 있었거든요. 분명 발샤인 왕국에 있었는데."

내가 들어도 비현실적인 이야기다. 돌아가는 길만 알면 되니 믿지 않아도 상관없지만.

하지만…… 역시나라고 해야 할지, 용사는 예상과는 다른 대답을 했다.

"알아. 이 나라는 그런 곳이니까."

"그런 곳, 이라뇨?"

"노을의 나라를 설명하자면 얘기가 길어질 거야. 일단은 쉴 곳까지 안내할게. 마을까지는 걸으면 금방이야."

아무것도 없는 사막 같은 곳인데 근처에 마을이 있나?

내가 새삼스레 붉은 황야를 둘러보자 용사는 뒤쪽 바위산을 가리켰다. 태양이 나오려고 하는 방향 반대쪽이었다.

"저 뒤쪽, 산의 그림자가 진 곳에 사람이 모여 있어. 괜찮아. 특이한 사람이 많으니까 너도 받아들여질 거야."

"아, 여기서도 검은 머리는 보기 드문가 보네요."

발샤인 왕국 부근에서는 특히 희소하다는 주석이 붙긴 하지만 이 세상에서 검은 머리는 보기 드물다. 기이한 시선을 받는 건 어디든 똑같다.

혼자서 멋대로 납득하다가 용사가 나를 빤히 보는 걸 눈치챘다. 용사의 시선은 내 머리에 쏠려 있었다.

용사는 내 머리를 지긋이 관찰하며 천천히 이동했다. 내 오른쪽에 있었다가 앞으로 돌아 왼쪽으로. 시선은 내 머리에 못

박힌 채였다.

그리고 흘리듯이 중얼거렸다.

"정말이네. 진짜 새까매."

"특이해도 괜찮다는 게 머리 색 얘기 아니었나요?"

"머리카락보다…… 아니, 신경 쓸 필요는 없어. 노을의 나라는 모든 걸 받아들이니까."

머리랑 눈동자 색 외에 특이한 부분이 있던가?

얼굴에 뭔가 묻은 건 아닐까 하고 왼쪽 뺨을 마구 만져 보았지만 위화감은 없었다. 몸을 내려다보아도 마찬가지였다. 왼팔도 왼 다리도 아무런 이상이 없었다.

말을 꺼냈으면 끝까지 해 줬으면 좋겠는데……라고 전하기 전에 용사가 마을이 있는 방향으로 걸음을 재촉했다.

"이쪽이야. 빨리 가자. 햇빛을 너무 쐬는 건 좋지 않다고도 하거든."

"아직 해도 안 떴는데요."

"그런 곳이야."

애매하게 대화가 성립되지 않는 느낌도 들었지만, 우리는 바위산 뒤쪽을 향해 걷기 시작했다.

붉은 황야의 딱딱한 지면을 하염없이 걸었다. 지금 알아챘는데, 신발은 제대로 신고 있다. 옷도 잠옷에서 갈아입었고…… 누군가가 갈아입힌 기억은 없는데, 스스로 갈아입은 건지. 눈을 떠 보니 모르는 곳에 와 있다는 수수께끼는 아직도 풀리지 않은 상태다.

풍경도 계속 똑같고, 언제 신었는지 모를 신발을 바라보며 걷다가 문득 고개를 들었다. 그러자 조금 앞에서 걷던 용사와 눈이 마주쳤다. 용사는 염려하는 듯한 눈으로 나를 보고 있었다.

"엄청난 걸음걸이네."

"아아, 네. 제대로 앞을 보고 걸을게요."

"그런 뜻이……."

용사는 거기서 말을 흐리더니 고개를 앞으로 돌려 버렸다.

아까도 내가 특이하다는 말을 들었는데, 나한테 뭔가 이상한 점이라도 있나?

하고 싶은 말이 있으면 똑바로 하라고 따져야 하나 고민하는데 용사는 고개를 앞으로 고정한 채 말했다.

"내 옛 친구 중에도 있었어."

"네……?"

"새까만 머리였지. 빛이랑 방향 때문에 처음에는 몰랐는데 정말 새까매서 놀랐어. 넌 분위기도 그 친구와 닮았어. 아아, 정말 좋은 녀석이었지."

말투로 보아 고인인 듯했다.

용사는 밝게 말했지만 지금 어떤 얼굴을 했는지는 보이지 않는다. 검은 머리 친구를 그리워하는 뒷모습은 어딘지…….

"재밌는 녀석이야. 더는 만날 수 없을 줄 알았는데 최근에 재회했어."

죽은 거 아니었어? 방금까지 고인을 애도하는 분위기였잖아.

대화는 조금밖에 안 했지만 엉뚱한 사람이다. 용사를 자칭하는 점도 그렇고, 여차하면 왕이라고 한 것도 그냥 자칭일지도.

"아, 살아 있군요."

"누가……?"

"그 저랑 닮았다는 친구분이요."

"최근에 또 만났는걸? 뻔한 사실이잖아."

역시 용사는 좀 엉뚱해서 대화가 어긋나는 느낌이 든다.

꽤 먼 곳까지 날아온 걸까. 잡담의 감성이 다른 곳까지 와 버렸구나.

바위산 옆을 지났다.

그림자가 진 부분…… 지금은 일출 전이니까 다시 말해 산의 서쪽에 마을이 있었다.

옅은 빛이 드리운 붉은 대지를 피하듯이 산 뒤에 숨겨진 검은 대지에 사람들이 모여 있었다.

"여기가 마을……인가요?"

산그늘에 사람이 있긴 했다. 있긴 했지만 내가 아는 마을의 이미지와는 동떨어진 광경이었다.

일단 건물이 없었다. 땅바닥에 앉은 사람들이 드문드문 있을 뿐이었다. 항아리 같은 인공물도 있긴 했지만 수가 너무 적었다.

그저 운동장에 사람을 모아 놓은 듯한 풍경에 나는 할 말을 잃었다.

아무래도 터무니없는 나라에 와 버린 모양이다. 그곳의 왕은 뒤를 돌아 웃는 얼굴로 오른손을 내밀며 악수를 청했다.

"노을의 나라에 온 걸 환영해. 여긴 모인 사람이 제일 적어서 우리는 마을이라고 불러. 이곳 사람들은 햇빛에 닿는 걸 싫어해서 대부분 이곳에서 지내."

어딘가에 집이 있고, 아침에는 국민 체조를 하기 위해 산 그늘에 모이기 때문에 그러는 집합 장소를 마을이라고 부른다…… 같은 억지스러운 상상은 전부 부정당하고 말았다.

나는 뇌의 처리 능력이 쫓아가지 못해 용사가 악수를 청했다는 것도 잊고 그저 그가 내민 손만 바라보았다.

그러자 용사가 퍼뜩 놀라 손을 뺐다.

"아아, 실례. 그럼 다시 한번 잘 부탁해."

이번에는 왼손을 내밀었다. 오른손을 잡기 싫다든가 하는 문제가 아니라고요.

물론 지적할 여유도 없었기에 나는 현실감이 없는 채로 용사의 손을 잡았다.

"잘 부탁드립니다."

반만 빛이 드리워진 용사의 얼굴을 올려다보았다. 그 왕관에 걸맞은 다정한 왕 같은 분위기의 표정은 끝까지 무너지지 않았지만 나는 어딘가 불안정함을 느꼈다.

자 그럼, 마을이라고 해 봤자 땅바닥에 주저앉아 휴식하는 것 정도밖에 못하는 곳이다.

빨리 발샤인 왕국으로 가는 방향을 물어본 다음 이 이상한 나라에서 탈출하자.

가볍게 잡은 손을 놓고 지리를 물어보려 했을 때, 옆에서 누군가가 우리에게 말을 걸었다. 산그늘에 모여 있던 주민 중 한 명이었다.

"거긴 위험해! 빨리 이쪽으로 와!"

무슨 일인가 싶어 눈을 움직여 보니 고양이 귀가 달린 아저씨가 소리를 지르고 있었다.

뭐……? 고양이 귀가 달린 아저씨? 고양이 귀 아저씨라고? 뭐가 어떻게 된 거야?

"국왕님도 빨리! 거긴 위험해!"

몇 번을 봐도 고양이 귀 아저씨였다. 사람 아저씨의 머리 위에 고양이 귀가 돋아나 있었다. 사람의 귀까지 합쳐서 귀가 네 개다.

위험하다고 말하고 있는데, 당신이 제일 위험하잖아.

"뭘 우두커니 서 있는 거야! 빨리 이쪽으로 와!"

역시 고양이 귀 아저씨다.

그렇지만 중년 남성이라는 이유로 고양이 귀를 부정하는 건 좋지 않지. 패션은 사람마다 다르니까. 남에게 해를 끼치지 않는 한은 개인의 자유로 둬야 한다.

하지만 고양이 귀 아저씨는 주위를 불쾌하게 만드는 것 같은데. 아, 이건 치마는 불쾌하니까 바지를 입으라는 터무니없는 억지 논리랑 똑같을까. 그럼 다소는 받아들이기 힘들더라도 고양이 귀 아저씨도 받아들여야 하나.

다양성 존중의 일환으로 고양이 귀 아저씨를 받아들일 각오를 한 나는 일단 칭찬하기로 했다.

"그 귀, 멋지네요."

"이쪽으로 빨리…… 에헤헤, 그렇냥?"

고양이 귀는 용서할 수 있어도 어미에 '냥'을 붙이는 건 범죄지. 반드시 체포돼야 하는 거 아닌가. 노을의 나라의 치안 유지 기구는 기능하긴 하나?

쑥스러운 듯 귀여운 몸짓을 해서 죄목을 또 하나 늘린 고양이 귀 아저씨는 원래의 험악한 표정으로 돌아왔다.

"귀는 됐으니까 빨리 이쪽으로 와!"

"아, 네."

아까부터 그늘로 오라고 재촉하고 있다. 이 주변의 자외선이 쬐면 즉사할 정도로 많은 량이라면 나도 조급해진다. 하지만 용사에게 당황한 기색이 없어서 위험하다는 실감은 나지 않았다.

그렇다곤 해도 이대로 있으면 아슬아슬하게 그늘의 경계에서 있는 고양이 귀 아저씨와 제대로 된 대화를 못할 것 같다. 이 사람이랑 제대로 된 대화를 하기도 싫지만…….

어쩔 수 없나. 나는 마을이 있는 산그늘에 발을 들였다.

"이제 괜찮나요?"

"그래, 다행이야. 몸에 이변은……."

고양이 귀 아저씨는 내 몸을 머리부터 발끝까지 훑어보더니 입을 다물고 말았다.

엇, 엄청나게 타기라도 했나? 왼팔을 살펴보았지만 변화는 없었다.

"얼굴에 뭐가 묻었나요?"

"아, 아니, 빤히 바라봐서 미안하네…… 미안하다냥."

"무리하게 고양이 흉내 내지 말아 주세요."

"아가씨는 못 보던 얼굴인데, 언제부터 여기에 있었냥?"

평범한 아저씨의 본모습이 보일락 말락 하는 고양이 귀 아저씨는 내 태클을 무시했다.

더 이상 이 사람에게 말한들 소용없다. 제정신이 아닌 사람이 출몰했으니 어떻게든 해 주세요. 그게 국왕님의 역할이잖아요? 뒤를 돌아보니 용사는 나보다 한발 늦게 그늘로 발을 들인 참이었다.

용사는 입을 열었으나 고양이 귀 아저씨의 어미에 관해서는 일절 언급하지 않았다.

"이 아가씨는 방금 노을의 나라에 왔어. 막 나타난 걸 목격했지."

"또 양지를 돌아다니시고…… 왕의 몸에 안 좋은 일이 생기면 다들 몹시 슬퍼할 겁니다. 좀 더 자기 몸을 소중히 여겨 주십시오. 부디 산그늘에서 나가지 마시길 간청드립니다."

고양이 귀 아저씨, 평범하게 말할 수 있구나…….

이미 글렀다는 건 슬슬 알았으니 나도 말투는 언급하지 않고 질문했다.

"아까도 그늘로 오라고 하셨죠. 햇빛을 쐬면 안 좋나요?"

"위대한 신의 말씀이다냥. 그림자 밖에 있으면 좋지 않은 일이 일어난다고 했다냥."

아아, 그런 종교구나. 일광욕 금지라니 특이하네.

산그늘에 모인 이유는 납득…… 못하겠군. 왜냐하면 여기가 그늘인 건 지금뿐이잖아?

"태양이 바로 위로 오면 어떻게 하나요? 보아하니 지붕이 있는 건물도 없는 것 같은데."

"여긴 계속 저녁이다냥."

"아니, 그렇지 않아. 지금은 아침이야. 해는 이제 곧 뜰 거야."

"국왕님은 또 그런 소리를…… 해는 반드시 저물 거다냥. 슬슬 포기하시라냥."

계속 저녁? 용사가 볼 때는 계속 아침?

아, 알겠다! 이 나라는 지금 백야인 거구나. 지구에서도 북극권 같은 지역에서는 여름에 해가 저물지 않는다. 태양이 지평선을 따라서 빙글빙글 돌기 때문이다.

그러니 산 주위를 24시간 동안 한 바퀴 돌듯이 이동하면 계속 그늘에 있을 수 있다. 하계 한정 종교 행사라고 생각하니 납득이 간다. 국왕님은 불신자였구나.

백야라면 아침이니 저녁이니 다투는 것도 이해된다.

수수께끼투성이인 마을에 관해 조금 알아내서 마음에 어느 정도 여유가 생겼다.

고양이 귀 아저씨도 쌀쌀맞게 대해서 미안해요. 이 고양이 귀와 어미도 다시 생각해 보면…… 아니, 여전히 싫어. 그건 그렇고 참 정교한 고양이 귀네. 얇고 윤기가 도는 털의 질감은 그야말로 고양이 그 자체고 당장에라도 움직일 듯한…….

"움직였다!"

"냥?!"

나도 모르게 큰 소리를 내자, 놀란 고양이 귀 아저씨의 고양이 귀가 고양이처럼 바짝 누웠다.

진짜 귀다! 내가 몰랐을 뿐 이 세계에는 수인 같은 종족이 있었나?! 이제 와서 세계관 설정 추가하지 말라고!

"그 귀, 진짜예요?"

"진짜로 머리에서 돋아난 귀다냥. 여기에 막 온 사람한테는 익숙하지 않을 거다냥."

"만지는 건……."

"부, 부드럽게 해 달라냥."

이 감정은 뭐지. 신난다는 마음과 때려 주고 싶다는 마음이 모순 없이 동시에 존재한다.

어쩌지. 허가도 받았으니 한번 만져 볼까.

내밀어진 고양이 귀 아저씨의 고양이 귀에 왼손을 내밀었다. 검지로 찔러 보자 서늘한 느낌이었다. 이것이야말로 고양이 귀. 진짜다.

타인이 귀를 만져서 움찔거리는 고양이 귀 아저씨의 아저씨 부분에 질겁하면서도 고양이 귀 아저씨의 고양이 귀 부분 덕에 힐링됐다.

"진짜네요."

"난 오랫동안 뼈 빠지게 일만 했다냥. 그래서 이 나라에서는 고양이처럼 느긋하게 살고 싶었다냥."

"그렇군요……. 그 귀는 어떻게 돋아난 건가요?"

"난 오랫동안 뼈 빠지게 일만 했다냥. 그래서 이 나라에서는 고양이처럼……."

"그건 이미 외웠으니 괜찮아요."

고양이가 되고 싶어서 고양이가 됐다면 나는 지금쯤 티라노사우루스가 됐을 거다.

어미만 제외하면 대화가 성립되던 이 아저씨와 말이 통하지 않게 되어 고양이 귀에서 시선을 거둔 나는 문득 아래를 보았다.

내 왼발의 발꿈치는 마침 양지와 그늘의 경계에 있었다. 이 마을에 들어왔을 때와 같은 위치였다.

"어라?"

이상하네. 옛날에 해시계를 관찰한 적이 있는데 그건 의외로 금방 움직인다.

잠깐 대화를 나누긴 했지만 그림자는 겨우 몇 분 만에 눈에 보일 만큼 움직인다. 정확히는 그림자가 움직이는 게 아니라 태양의 위치가…….

"말도 안 돼."

나는 서둘러 그늘에서 나와 태양이 보이는 곳으로 달려갔다.

고양이 귀 아저씨가 돌아오라고 했지만 무시하고 태양을 확인하러 갔다.

믿기지 않게도 태양은 보이지 않았다. 뜨지도 저물지도 않았다. 여기서 눈을 떴을 때와 똑같은 양의 빛을 지평선 너머에서 내뿜고 있었다.

백야라면 평행하게 이동하기도…… 아니, 그럼 그림자는 움직일 텐데.

그늘 구역에서 소리를 지르는 고양이 귀 아저씨를 아랑곳하지 않고 노을의 나라의 왕이 천천히 다가왔다.

내 옆에 선 용사는 부드러운 목소리로 말했다.

"뭐 신경 쓰이는 거라도 있어?"

"태양이, 태양이 전혀 움직이지 않아요."

"맞아. 여긴 노을의 나라. 항상 해가 뜨기 직전이지. 낮도 밤도 아닌 어중간한 나라야."

여기가 행성인 이상 그런 현상은 일어날 리가…… 설마?

믿기지 않는 현상을 목격한 나는 스스로 왼쪽 볼을 꼬집었다.

"안 아파. 여긴 설마…… 꿈속 나라인가?"

"아니, 그건 네 통각이 무딘 것뿐일 거야."

꿈속 세계는 아닌가 보네요.

확실히 볼살을 잡아 뜯는 정도가 아니면 아프다는 느낌은 안 들지도.

고양이 귀 아저씨에게 다시 그늘로 오라는 말을 들은 우리는 마을 안으로 돌아갔다.

어디로 가는지도 모른 채 용사를 따라 걷다 보니 바로 부정당했던 꿈속 나라 설이 현실미를 띠기 시작했다.

상당히 박력 있는 마을 사람 1호라고 생각했던 고양이 귀 아저씨는 여기서는 상대적으로 평범했다.

걸으며 주위를 둘러보니 고양이 귀가 달린 아저씨보다 더한 이형이 넘쳐났다. 귀뿐만 아니라 몸 전체가 개처럼 생긴 사람, 아수라 같은 모습의 사람, 키가 5미터를 넘는 사람, 얼굴 대부분이 파묻힐 만큼 눈이 큰 사람.

현실 세계에는 있을 리 없는 존재가 아무렇지도 않게 모여 있었다. 역시 꿈속 나라 맞잖아.

꿈이 아니라면 이세계일까. 세계는 무수하게 존재하는 모양이니 이런 세계가 있어도 이상하진 않다.

하지만 용사는 발샤인 왕국을 알고 있었으니 같은 보통 같은 세계라고 생각하잖아……. 으음, 어떻게 된 건지 모르겠네.

나를 어딘가로 안내하는 용사는 앞을 본 채로 말을 걸었다.

"어때? 노을의 나라는."

"특이한 분이 많네요."

"그렇고말고. 어떤 외형으로 전락해도 노을의 나라는 전부 받아들이거든. 물론 너도."

인외 박람회에 비하면 내 검은 머리 따위는 아무도 신경 안 쓸 텐데.

용사의 말대로 이 마을은 느긋하고 평화로운 분위기가 흘렀다. 인공물은 극단적으로 적지만 낡아빠진 의자 같은 물건은 많이 보였다. 그게 없더라도 적당한 바위에 걸터앉아 잡담을 나누는 사람이 많았다.

그리고 현실 세계와 똑같이 길고양이도 있는 듯했다.

"고양이다!"

내가 고양이를 부르자 놀랍게도 대답이 돌아왔다…… 고양이 귀 아저씨한테서.

"불렀냥."

낮은 목소리로 닥치라고 말하며 고양이 귀 아저씨를 날려 버리고 싶은 심정이지만, 고양이는 저음도 난폭한 움직임도 싫어한다.

참자. 아름답고 귀여운 진짜 고양이를 위해서 가짜는 참아주자.

붉은 모래 위에 흰색과 검은색과 갈색의 균형이 완벽한 삼색 고양이가 있었다. 삼색 고양이는 꼬리를 바짝 세우고 모델 같은 걸음걸이로 이쪽으로 다가왔다.

아~ 귀여워~.

조금 더 접근해서 나를 발견한 순간 저 삼색 고양이도 도망쳐 버리겠지. 유미엘라 도르크네스가 된 후로 동물부터 심지어는 곤충에 이르기까지 내 존재를 지나치게 두려워했다.

나는 살짝 만져만 보고 싶을 뿐인데 왜 다들 도망치는 걸까. 만져서 닳는 것도 아닌데 상관없잖아.

그래도 괜찮아. 억지로 강요할 순 없지. 나는 멀리서 바라보기만 해도 행복하니까.

노을의 나라를 제집인 양 걷던 고귀한 고양이님은 마침내 나를 인식했다.

흥미 없다는 듯이 내 얼굴을 흘겨본 고양이는 바로 시선을 거두고 내 왼발 밑까지 걸어오더니 땅바닥에 벌렁 드러누웠다.

"어……?"

"쓰다듬어 달라는 것 같다냥."

원래라면 말해 주지 않아도 아는 현실을 고양이 귀 아저씨의 설명을 듣고 나서야 겨우 자각했다.

이 삼색 고양이는 쓰다듬어 주길 원하고 있다. 그것도 내가. 무서워하는 기색은 일절 없이 오히려 그르렁거리며 편히 누워 있다.

야옹아, 이 언니가 한번 만져 봐도 될까? 아프지 않게 부드럽게 만질 테니까 안심해. 서로 잘 맞으면 확 우리 집에서 키워 버릴까? 농담이야……(웃음).

아직 도망치지 않은 삼색 고양이는 그루밍을 시작했다.

아마 내가 더 긴장하고 있겠지. 유미엘라가 된 뒤로는 고양이를 쓰다듬어 본 적이 없으니까. 기분 나쁜 망상을 하는 것만은 일류지만 현실의 경험치가 그것을 따라가지 못한다.

좋아…… 만진다. 한다. 마침내 고양이를 만지게 되다니. 나도 모르게 행복한 미소가 새어 나오고 말았다.

"으히히힛히히히히!"

"웃음소리가 기분 나쁘다냥."

"그럼 가볍게 쓰담쓰담 할게~!"

“말투도 끈적거린다냥.”

결심을 내린 내가 왼손을 뻗자 삼색 고양이는 그것을 피하듯이 스르륵 일어서서 걸어갔다.

“엥?!”

“고양이는 변덕쟁이다냥. 잠시 기다렸지만 쓰다듬을 기색이 안 보여서 질린 거다냥.”

어…… 거짓말이지? 레벨이라든가 어둠 속성 마력이라든가 하는 것 때문이 아니라 내 결단이 늦어서 고양이를 쓰다듬을 기회를 눈 뜨고 놓쳤다고?

“평생의 후회가 될 것 같아. 죽어도 맘 편히 못 죽을 거야.”

“평생의 후회라는 말은 가볍게 쓰지 않는 편이 좋아.”

용사가 달려들듯이 살짝 노기가 감도는 말투로 그렇게 말했다. ‘평생의 후회’ 가 과장된 단어 선택이었다는 자각은 있지만 이렇게까지 반응하는 데에는 이유가…….

약간 어색해진 분위기가 흐르는 와중에 고양이 귀 아저씨가 긴장감 없는 목소리로 떠들기 시작했다. 고의인지 우연인지는 알 수 없지만 처음으로 아저씨에게 고마웠다.

“저 삼색 아이는 여기서 유일한 고양이 동지라서 내 형 같은 존재다냥.”

“그래? 나는 네가 형이고 삼색 고양이가 동생인 줄 알았는데.”

“국왕님은 항상 그렇게 말한다냥. 하지만 고양이에 관해서는 내 직감이 더 잘 맞는다냥.”

형도 동생도 아니고 생판 남인 것 같은데요.

그건 그렇고 수컷 삼색 고양이라니 별일이네. 유전자 문제로 삼색 고양이는 대부분이 암컷이고 수컷은 고가로 거래되기도 할 만큼 귀한데.

그 삼색 고양이 군은 정말로 질려서 움직였을 뿐인지 내 손에서 벗어난 뒤로 천천히 꼬리를 흔들며 걷고 있었다. 뒤에서 봐도 귀엽다.

우리는 고양이의 뒷모습을 쫓아가지 않고 지켜보려 했으나…… 고양이 귀 아저씨는 퍼뜩 무언가를 깨닫고 달려 나갔다.

"안 된다냥! 또 화가 아이의 캔버스에다 발톱을 갈지도 모른다냥!"

"맞지? 저 사람이 형이지?"

아니 그러니까 생판 남이라고요. 귀여운 고양이와 이상한 아저씨가 혈연관계일까 보냐.

나는 생각한 것을 입 밖으로 내지는 않고 용사와 함께 고양이 한 마리와 인간 한 명을 쫓았다.

"세이프다냥."

삼색 고양이는 바로 고양이 귀 아저씨에게 붙잡혀 얌전히 안겨 있었다. 이 아이, 안는 것도 허락하는구나.

그리하여 우리는 고양이에게 이끌려 마을 반대편까지 왔다.

보기 드문 것투성이인 곳이긴 했지만 한층 더 눈에 띄는 것을 발견했다.

그림을 그리는 여자였다. 무아지경으로 캔버스에 붓을 놀리는 뒷모습이 보였다. 삼색 고양이가 스크래처로 쓰려던 게 저 여자의 캔버스였던 모양이다.

특필할만한 점은 그 그림의 완성도였다. 뭔가…… 엄청나게 예술적이었다. 뭐가 그려져 있는지는 모르지만 마치 피카소처럼 예술적이었다.

나도 모르게 발을 멈추고 멍하니 바라보고 말았다. 추상화 같은 건 잘 모르지만 진짜 예술은 다르다고 본능적으로 느꼈다.

인물로 보이기도 하고 별하늘로 보이기도 하고 접시에 가득 담긴 닭꼬치로 보이기도 하다니 참 신기한 그림이다.

예술은 머리가 아니라 마음으로 느끼는 거니까. 깊게 생각하지 않아도 멋지다는 게 느껴졌다.

빨려들어 갈 듯한 그림을 감상하고 있는데 화가 여자가 붓을 멈추지 않은 채 말했다.

"이렇게 형편없는 그림은 봐도 재미없잖아?"

"아니에요, 예술적이에요."

"그런 말은 실컷 들었어! 나는 사실적인 그림을 그리고 싶은 거라고!"

화가는 긴 머리를 흐트러뜨리며 외쳤다.

사실적? 사진 같은 그림이라는 뜻이지?

화가의 추상화는 사진과는 정반대였다. 사진이 없는 세계니까 진짜 같은 초상화가 인기 있는 건 사실이긴 한데.

아무리 봐도 영문을 모르겠네…… 아니, 그런 게 아니라 예술적인 그림은 맞다. 사실적인 그림을 그린 게 이거라면 진짜로 재능이 없다고 생각하는데…….

내가 대답을 망설이자 화가는 뒤를 돌아보며 말을 이었다.

"예술적, 예술적. 이해 못하니까 그렇게 말할 뿐이잖아?! 현실을 그대로 옮긴 듯한 그림이야말로 진짜 멋진 거라고!"

"아뇨…… 당신이 그린 그림은 사실적이었어요. 현실 그 자체예요."

나는 위로하려고 거짓말을 한 게 아니다.

정말로 사진 같아서 그렇게 말했을 뿐이다.

화가 여자의 얼굴은 배치가 엉망진창이었다. 얼굴의 부위가 평면적으로 배열돼서 말하자면 피카소 같은 얼굴이었다. 파블로 피카소 씨와 닮았다는 게 아니라 그 사람의 그림에 나올 듯한 얼굴이었다.

이형투성이인 노을의 나라. 설마 피카소 얼굴을 한 사람까지 있을 줄이야.

진정한 의미로 피카소 같은 그 화가는 불안한 듯이 말했다.

"진짜? 이 그림만은 현실이랑 똑같아?"

"진짜예요. 구분이 안 될 정도예요."

사진 같은 그림이 존재하긴 하지만 보다 보면 그림임을 알 수 있다.

하지만 지금 내 눈앞에는 현실과 똑같이 생긴 초상화가 있다. 정확히 말하자면 낙서 같은 그림과 똑같이 생긴 현실이 있다.

액자에서 그대로 튀어나왔다고밖에 볼 수 없는 화가는…… 아마도 나를 보고 말했다.

"진짜, 진짜로? 이 그림은 사실적이야?"
"그림 같은 현실…… 아니죠. 현실 같은 그림이에요."
"그렇구나. 길었어. 겨우, 겨우 나는……."
기발한 얼굴이 기발한 그림과 마주 보았다.
화가는 손을 뻗어 그림을 살며시 어루만졌다. 물감으로 더러워진 가느다란 손가락이 변모하기 시작했다.
손등에 묻은 붉은 도료가, 손톱 사이로 들어간 파란 물감이 사람의 몸인 부분을 침식해 갔다. 내가 얼이 빠져 있는 동안 화가는 낯익은 화풍으로 변해 버렸다.
"저기, 손이……."
이형이 되어 가는 것을 신경 쓰는 기색조차 없는 화가에게 말을 걸자, 그제야 화가는 처음으로 자신의 손을 보았다.
같은 그림체가 된 자신의 그림과 손을 번갈아 보았다.
"이제야, 이제야 나는 이상적인 그림을 그릴 수 있게 됐어. 옛날부터 혐오스러웠던 그 화풍을 버리고 현실을 그대로 옮긴 듯한 사실적인 그림을 이제야 그릴 수 있게 된 거야."
변한 건 그림이 아니라 당신 손인데요, 라고 말하기 힘든 이상한 분위기가 화가에게서 뿜어져 나왔다.
뭔가 좋지 않은 일이 일어날 듯한 상황에 나는 압도되었고, 고양이 귀 아저씨와 그 품에 안긴 삼색 고양이도 겁을 먹고 귀를 움츠렸다. 그 와중에 국왕님만이 화가 여자에게 다가갔다.
"국왕님, 저 마침내 납득할 수 있는 그림을 그렸어요."
"정말 다행이야. 나는 네 그림의 팬이라서 기뻐. 다음에는 어떤 작품에 도전할 거니?"
"이젠 됐어요. 이걸로 끝이에요."
"왜? 네 화가 인생은 이제부터야. 이 나라라면 얼마든지 그릴 수 있어."
"감사해요, 국왕님. 하지만 괜찮아요. 노을의 나라였기에 이만큼 그림을 그렸던 거니까요. 재밌었어요."
화가의 표정은 읽을 수 없었지만 기뻐하는 듯한 느낌이 전해졌다. 국왕님의 표정은 읽을 수 있었다. 아주 슬퍼 보였다.
그때 캔버스가 무너져 내리기 시작했다. 그림물감이 벗겨져 나가듯이 사라지고 붉은 모래가 흘러내렸다. 받침대 다리도 부서졌고, 캔버스는 쓰러져 붉은 모래의 대지와 동화됐다.
주시하던 그림이 사라져서 망연해진 그 그림의 화가에게 시선을 돌린 나는 놀랐다.
화가 여자에게도 캔버스와 똑같은 현상이 벌어지고 있었다. 몸이 모래가 되어 무너져 내렸다.
하지만 본인은 평온한 얼굴로 당연하다는 듯이 소멸을 받아들이는 기색이었다.
"국왕님, 너무 그렇게 슬퍼하지 마세요. 괴롭지도 않고 죽는 것보단 훨씬 나으니까요."
"왜 가 버리는 거야? 노을의 나라는 이제 곧 아침이 될 텐데. 아직 갈 길이 멀어."
"죄송해요. 저한테는 밤이 왔나 봐요. 이 어슴푸레한 빛은 저녁노을이었어요."

그 말을 마지막으로 화가는 완전히 무너지고 말았다. 말 없는 붉은 모래로 변해 대지로 돌아갔다.

사람 한 명분의 모래 더미가 생길 법도 했지만 그것조차 없었다. 화가는 흔적을 일절 남기지 않고 사라져 버렸다.

국왕님은 화가가 있던 곳에 무릎을 꿇고 묵념했다. 나도 따라서 고개를 숙였다.

형식적인 기도를 하고는 있지만 내 머릿속을 지배한 건 화가가 사라진 슬픔이 아니라 그 원인이었다.

땅속으로 사라질 듯한 사람은 없는지, 나도 모래가 되지는 않을지 불안하게 시선을 좌우로 움직였다.

그러자 고양이 귀 아저씨가 옆에서 슬쩍 말했다.

"이 나라의 주민은 모두 미련을 남긴 채 인생을 마쳤습니다. 그게 해소되면 방금처럼 사라지는 겁니다……."

진지한 톤으로 말할 때는 어미에 '냥'을 안 붙이는 건가.

"냥……."

억지로 안 붙여도 되는데.

하지만 아저씨의 이야기를 듣고 확신했다.

"여긴 사후 나라…… 난 죽었구나."

이곳이 사후 세계가 아닐까 하는 추측은 아까부터 조금씩 들긴 했다.

눈을 뜨니 전혀 다른 곳에 있다. 장거리 워프를 했다는 것보다 사후 세계에 왔다고 하는 게 더 납득이 간다. 자기 모습은 그대로인 데다가 발샤인 왕국을 아는 사람이 있다는 점에서 환생했다고 보기도 힘들다.
사후 세계란 게 있었구나. 죽은 건 두 번째지만 몰랐다.
첫 번째는 교통사고, 두 번째는…… 왜 죽은 거지? 일반 여대생은 차에 치이면 죽지만, 유미엘라 도르크네스는 어떻게 하면 죽지?
우주 공간에서 맨몸으로 대기권에 돌입해도 아무렇지 않았고, 아마 용광로에 떨어져도 괜찮을 것이다. 그런 내가 죽은 거니까 정말 엄청난…… 뭐지? 짚이는 데도 없고 기억이 없으니 답을 맞춰 볼 수도 없다.
"죽은 원인…… 기억 안 나."
"그런 법이다냥. 나도 정신을 차려 보니 여기에 있었다냥."
"죽은 사람은 다들 여기로 오나요?"
내가 뭘 알고 싶어 하는지 알아차린 듯 고양이 귀 아저씨는 얼굴을 흐렸다.
"이런 말 하긴 그렇지만…… 소중한 사람과 재회하는 건 포기하는 편이 좋습니다."
또 어미를 붙이는 걸 잊어버린 고양이 귀 아저씨가 그렇게 선언했지만, 나는 납득할 수 없었다. 왜냐하면 몇십 년 정도 후면 패트릭도 엘레노라도 수명이 다해서 이쪽으로 올 테니까.
"하지만 여긴 사후 세계잖아요? 기다리기만 하면 패트릭이랑 또 만날 수 있죠?!"
고양이 귀 아저씨는 말없이 고개를 저었다.
어째서? 내 의문에 대답한 건 묵념을 마친 노을의 나라의 왕이었다.

"노을의 나라는 사후 세계는 맞지만 저세상은 아니야. 이 세계를 설명해 줄게."

삼색 고양이가 야옹 하고 울었다. 나는 내가 좋아하는 그 목소리에도 반응하지 못하고 용사의 이야기에 빠져들었다.

2장 히든 보스(우), 침실에서 눈뜨다

눈을 뜨니 어둑어둑했다.

아무래도 일찍 일어난 듯했다. 커튼으로 밖을 내다보니 희미한 빛이 확인됐다. 지금은 태양이 나오기 전, 점점 동쪽 하늘이 밝아오기 시작하는 시간이다.

이렇게 빨리 일어나다니 별일이네. 겨울이라 쌀쌀하긴 하지만 자연스러운 기상은 상쾌한 법이다.

내 방, 내 침대, 몸을 일으키고 양팔을 뻗…… 어라?

"저려?"

양팔을 위로 쭉 펴려고 했는데 왼팔은 계속 늘어진 상태였다. 감각도 없었다.

자다가 이상한 자세가 돼서 저린 건가?

그렇게 생각해 반대쪽 손으로 주물러 봤지만…… 정말 감각이 없었다. 왼손은 손가락 하나조차 내 의지로 움직이지 못하고 오른손의 손길을 가만히 받고만 있었다.

이건 단순히 저린 게 아니라…… 엄청나게 저린 거야.

"대단해…… 누구 있어?! 와서 봐 봐, 대단해!"

이 미친 듯한 저림을 누군가에게 알려 주고 싶다. 머릿속에 떠오른 건 내가 가장 사랑하는 사람인 패트릭이었다.
이른 아침이지만 두드려 깨워서 보여주고 싶다.
패트릭의 방으로 달려가기 위해 침대에서 뛰어내렸다. 하지만 나는 균형을 잃고 넘어지고 말았다.
이상하네. 말도 안 돼. 서두르다가 넘어질 만큼 평형감각이 허술하다니, 나답지 않은데.
"다리도 이러네."
바닥에 넘어진 채 다리를 확인해 보고 알았다.
왼발도 엄청나게 저리다. 움직이는 쪽 손으로 주물러도 감각이 전혀 없었다. 이러니 균형을 못 잡고 왼쪽으로 넘어지지.
그 뒤에 움직이는 오른손으로 확인해 보고 알았다. 좌반신은 머리부터 발끝까지 감각이 전혀 없었다. 설마 해서 확인하니 왼쪽 눈도 안 보였다. 입도 한쪽은 움직이지 않아서 말하기가 좀 힘들었다.
"이건…… 뇌가 문제인가?"
미친 듯한 저림이니 뭐니 할 때가 아니었다. 자는 동안 뇌경색 같은 병에 걸렸는지도 모른다.
이럴 때는 구급차를 불러서…… 전화할 수 있기는커녕 뇌혈관을 봐 주는 병원조차 없다. 하지만 괜찮아. 회복 마법이 있어서 다행이야.
세균이나 바이러스, 면역 반응 같은 게 원인이 아니라면 대부분의 증상에는 회복 마법이 유효하다. 나는 남아도는 마력을 사용해 몸 전체에 회복 마법을 걸었다.

이걸로 나는 완전히 회복됐다. 슥 일어선 나는 또 왼쪽으로 쓰러졌다. 좌반신의 증상은 여전했고 마법은 효과가 없었다.

나는 마침내 내 몸이 긴급 사태에 빠졌음을 깨달았다.

"누가 좀, 도와줘~."

내 SOS를 듣고 구원의 손길을 내민 사람은 메이드 리타였다.

학원 기숙사에 있을 때부터 함께였던 리타는 어지간한 일로는 동요하지 않을 정도로 침착했다. 바닥에 엎어진 주인을 봐도 안색 하나 변하지 않았다.

"좋은 아침입니다, 유미엘라 님."

"좋은 아침."

"또 침대에서 떨어져서 깨셨나요? 잠버릇이 나쁘면 패트릭 님과 동침할 때 곤란할 겁니다."

충성심이 강한 하인은 내가 반신 마비로 쓰러졌는데도 전혀 걱정하지 않았다.

내가 아침에 바닥에 드러누워 있는 건 일상다반사긴 하지만, 주종 간의 파워 같은 걸로 내 이상함을 눈치채길 바랐는데.

이대로 가다간 내가 처한 위기가 무시당할 것 같다. 제대로 말해서 도움을 요청하자.

"도와줘~."

"네, 지금 아침에 드실 홍차를 끓이겠습니다."

생각해 보니 내가 쓸데없이 영문 모를 말을 하는 건 일상다반사긴 하지만, 도와 달라고 했을 때는 도와주길 바랐는데.

"리타, 진지한 얘기니까 잘 들어."

"커다란 슈크림을 베고 자면 안 돼요."

"잠이 덜 깨서 헛소리를 하는 게 아니라! 아니, 그때는 진지하게 말하긴 했지만."

"오늘은 무슨 일이시죠?"

나는 전형적인 양치기 소년의 굴레 같은 상황에 몰려 있었다.

증상을 전하고 싶은데 저쪽은 커다란 슈크림 베개를 베고 잔다는 이야기 정도로 받아들이고 흘려들으려 한다. 그보다 며칠 전의 나는 아무리 잠이 덜 깼다지만 머리가 어떻게 됐었나. 슈크림은 아무리 커다래도 베개로 쓸 만한 모양이 아니잖아.

"베개로는 점보 에클레르가 더 적합하지. 초콜릿 때문에 머리가 새까매질 것 같지만."

"그렇군요……."

"아, 원래 새까맣지."

"홍차를 준비해야 하니……."

"잠깐잠깐! 좌반신이 안 움직여! 팔도 다리도 힘이 안 들어가서 일어서기도 힘들어."

◆ ◆ ◆

그 후에 리타의 대응은 빨랐다.

리타와 또 다른 메이드의 도움을 받아 침대에 누웠다. 그쯤에 사태를 전해들은 패트릭도 달려왔다.

머지않아 의사 선생님도 찾아왔다.

진찰 결과는 원인 불명. 뇌나 신경 손상은 고위 포션으로 낫기 때문에 회복 마법이 통하지 않는 점에서 그것 외의 원인이라고 한다.

그렇게 되면 육체 쪽이 의심스럽지만 갑자기 반만 움직이지 않는다는 증례는 들어본 적이 없다는 듯했다.

의식도 또렷하고 좌반신 외에는 매우 건강했다. 한쪽 다리로 뛰어다니면 이동할 수도 있다. 일상생활로 돌아갈 수는 있을 듯했지만, 한동안 안정을 취하라는 말에 나는 패트릭에게 감시를 받으며 누워 있었다.

"뭔가 일이 커졌네."

"몸이 움직이지 않는 건 큰일이잖아."

"반만인걸. 아, 지금이라면 내 우반신이 더 강하겠네."

그러고 보니 어제 그런 생각을 했었지. 호각으로 여겼던 좌우 대결은 결과가 일목요연해졌다. 오른쪽 유미엘라 대승리, 왼쪽 유미엘라는 처음부터 죽어 있었다.

"그런 말을 할 때가 아니잖아. 왕도에 가서 유명한 의사를 찾아보자. 분명 원래대로 움직일 수 있을 거야."

"그래그래, 머지않아 움직일 거라니까. 인간이 반만 죽을 리도 없으니까. 내 좌반신은 잠들어 있을 뿐이야."

대화 내용은 긍정적이었지만 서로 계속 이대로면 어쩌지 하는 불안을 품고 있음이 느껴졌다. 나와 패트릭 둘뿐인 방이 이상하리만큼 조용했다. 대화가 끊긴 타이밍이 어색했다.

어두운 분위기가 감도는 방에 그와 정반대로 밝은 목소리가 울렸다. 목소리의 주인은 패트릭의 발밑, 정확히는 패트릭의 그림자에서 나타났다.

"예~이, 형 잘 지냈어?! 난 잘 지냈어! 왜냐하면 누나가 죽었으니까!"

왠지 오랜만에 본 것 같은 어둠의 신 레문은 그 어느 때보다 기분이 좋아 보였다. 하지만 말하는 내용이 불온했다.

누나가 죽었다니…… 어디에 있는 누님이 돌아가신 걸까. 레문은 철저하게 사람을 이름으로 안 불러서 알기 어렵다. 하지만 고인의 명복을 빕니다.

레문은 신난 채, 얼이 빠져서 조용히 서 있는 패트릭에게 말했다.

"이제 세계의 질서는 지켜질 거야! 그래, 사신을 물리쳐 준 건 고맙지만 누나는 그 이상으로 위험한 면이 있단 말이지. 예전에 날개가 돋아났을 때는 모든 게 끝나는 줄 알았다고."

패트릭은 낄낄거리면서 웃는 레문이 여전히 당혹스러운 듯했다.

나는 오른팔만 써서 상반신을 일으키고 뒤에서 패트릭의 어깨를 두드렸다.

"갑자기 무슨 일이에요? 평소에는 안 나오면서."

"응? 아, 누나구나. 그러니까 누나가 죽은 게 기뻐서…… 살아 있어?!"

어둠의 신은 얼굴에 경련이 일어난 채, 나를 보았다.

아무래도 레문이 언급했던 누나란 나를 가리키는 모양이다.

아니…… 멀쩡히 살아 있는데? 왜 죽었다고 착각한 거야?

레문은 유령이라도 확인하는 듯한 모습으로 내 몸을 쿡쿡 찔러 보려고 했다. 나는 그것을 오른팔로 막았다.

"진짜 살아 있네. 어째서?!"

"왜 죽었다고 생각했는지가 더 궁금한데요."

"그치만 노을의 나라에 있을 텐데……."

그렇게 말하는 동안에도 레문은 움찔거리며 내 오른팔을 찔렀다.

한바탕 내 팔을 찔러댄 신은 납득하지 못하겠다는 듯이 고개를 갸웃거렸다.

"으음, 역시 살아 있잖아."

"그러니까 왜 죽었다고 생각했냐고요. 노을의 나라라는 곳에도 안 갔는데요."

"내 착각이었나. 미안해! 착각하고 이렇게 기뻐해서."

사과받고 싶은 건 착각했다는 것보다 내가 죽으면 기뻐한다는 사실인데 말이지.

세계의 질서를 최우선으로 삼는 레문에게 유미엘라라는 이분자는 방해물이겠지만, 최소한 본심은 감췄으면 좋겠는데.

나는 어이가 없었지만 패트릭은 화가 난 듯했다. 날이 선 분위기를 감지한 레문은 티 나게 화제를 돌렸다.

"어라라? 누나는 왜 누워 있어? 어디 안 좋은 거야? 그러고 보니 난 병문안을 하러 왔었지."

억지스럽기 짝이 없는 말을 하는 레문에게 짜증이 났지만 문득 현재 상황이 떠올랐다. 좌반신이 움직이지 않는 이 증상에 관해 레문이라면 뭔가 알지도 모른다.

분노를 꾹 삼키고 반신의 이상을 설명하자. 힘없이 늘어진 왼팔을 붙잡고 덜렁덜렁 움직여 보였다.

"보시는 대로 아침에 일어나니까 왼쪽 몸이 움직이지 않게 됐어요."

"왼팔 만져 봐도 돼?"

레문은 허락이 떨어지기도 전에 웃으며 팔을 찔렀다. 아까 오른팔을 만졌을 때와 달리 손끝의 감각이 전혀 없었다. 진찰은 빠르게 끝났고 레문은 한 마디를 중얼거렸다.

"죽었어."

"네?"

"그렇게 된 거구나…… 반만 노을의 나라로 간 거야."

"아까부터 말하는 노을의 나라란 건……."

레문은 잠시 생각에 잠기더니 혼자서 고개를 끄덕이며 납득했다.

레문이 내가 죽었다고 착각한 것, 좌반신의 증상. 관련 없어 보이던 두 가지가 연관되었다는 건 어렴풋이 느껴졌다. 하지만 중간중간 튀어나오는 노을의 나라가 대체 뭔지 상상도 안 간다.

사실이 판명됐다면 알려 줬으면 좋겠다고 생각했을 때, 레문의 진지한 표정이 웃는 얼굴로 바뀌었다.

"난 아무것도 몰라. 힘이 되지 못해서 미안해. 그럼!"

레문은 숨도 안 쉬고 그렇게 말하더니 자기가 나왔던 패트릭의 그림자로 들어가려 했다. 아, 도망칠 셈이군. 뭐, 나약한 레문의 도주극이 성공할 리가 있나. 레문은 패트릭에게 뒷덜미를 붙잡혀 그림자 속에 숨지 못했다.

레문은 포기하지 않고 도망치려고 팔다리를 버둥거렸지만 금세 숨이 차서 조용해지더니 포기하고 한숨을 내쉬었다.

뒷덜미를 붙잡혀 공중에 뜬 채로 패트릭의 힐문이 시작됐다.

"레문, 아는 정보를 알려 주실까."

"좋아, 뭐부터 듣고 싶은데?"

"유미엘라의 몸이 움직이지 않게 된 이유가 뭐지?"

"누나가 반만 죽었으니까. 노을에 나라에 있던 건 반신뿐이었던 거야."

"노을의 나라? 저세상 같은 곳인가?"

"아~니. 죽어야 갈 수 있는 세계이기는 한데 사후 세계는 아니야."

무슨 소리지? 죽은 사람이 가는 곳이라면 저세상 아닌가?

패트릭이 무슨 뜻인지 알겠냐고 묻듯이 날 보았지만 전혀 갈피를 잡지 못해 고개를 저었다.

"영문 모를 소리를 하면서 현혹하려는 건 아니죠?"

"아니라니까. 실은 존재하지 않지만 이 세상과 저세상 중간에 확실히 존재하는 곳인데……."

사후에 갈 수 있지만 사후 세계는 아니다. 존재하지 않지만 존재한다.

명백하게 모순된 설명을 들은 나와 패트릭은 얼굴을 마주 보았다.

레문은 어려운 철학처럼 이해할 수 없는 설명을 계속했다.

"낮도 밤도 아니고 해는 저물고 있는데 밝은 세계. 그래서 노을의 나라야."

"그건…… 알 것 같기도 한데요. 그 전의 설명이 너무 두루뭉술해요."

"종이를 이용하면 더 알기 쉽게 설명할 수 있는데……."

"그런 말 하면서 도망치려는 건 아니죠?"

"더는 도망 안 쳐. 잘 생각해 보니 누나는 나를 그림자 속에서 끄집어낼 수 있잖아. 쓸데없는 짓은 하기 싫어."

패트릭에게서 해방된 레문은 '물건을 가져올 뿐' 이라고 당부한 뒤 그림자 속에서 종이 한 장을 꺼냈다.

설명용 종이가 준비되어 있는 걸 의아하게 여기면서도 레문이 내민 종이로 시선을 떨어뜨렸다.

글자나 그림이 있을 줄 알았는데 종이는 지극히 단순했다. 한가운데를 경계로 반이 흰색, 나머지 반이 검은색이었다.

레문은 흑백으로 나눠 칠해진 종이로 뭘 설명하려는 걸까. 레문이 종이를 가리키고 하는 이야기에 귀를 기울였다.

"이쪽의 하얀 부분이 산 자의 세계, 이 세상이든 현세든 상관없어. 반대쪽 검은 부분이 죽은 자의 세계."

"검은 부분이 노을의 나라인가요?"

"아니. 거긴 사후 세계. 뭐가 있는지는 나도 몰라. 노을의 나라는 이 종이로 말하자면 흰색도 검은색도 아닌 부분."
흑백밖에 없는 종이의 흰색도 검은색도 아닌 부분? 그러데이션으로 된 회색 부분 따위는 없었고 종이는 새하얗거나 새까맣거나…… 삶과 죽음 둘 중 하나밖에 안 보였다.
이해하지 못하고 또 얼굴을 마주 보는 나와 패트릭을 본 레문은 쿡쿡거리며 웃었다.
"창의성이 없네. 이렇게 하면 이해하기 쉬우려나."
레문은 그렇게 말하며 흑과 백의 경계선을 덧그렸다.
그러자 손가락의 궤적을 따라 붉은 선이 떠올랐다. 검은색과 하얀색뿐이던 종이 한가운데에 붉은 선이 그어져 그 선을 경계로 흑백이 나뉘었다.
낮도 밤도 아닌 붉은 노을이 종이 위에 출현한 것이다.
"이 붉은 부분이군요."
"그래. 여기가 노을의 나라야. 이 세상과 저세상의 경계."
흐음. 그런 삼도천 강물 속 같은 곳이 있었다니.
그건 그렇고 이 붉은 선이 노을의 나라란 말이지……. 아무 생각 없이 손을 뻗어 이 세상과 저세상의 경계를 손가락으로 훑었다.
그러자 손끝이 닿은 부분만 붉은 선이 사라졌다. 손으로 잉크를 닦아 버린 게 아니다. 색이 묻지 않은 손끝을 보고 있는데 레문이 자신만만하게 말했다.
"후후, 괜찮지? 이 종이는 내가 만든 거야. 사라진 부분을 한 번 더 만져 봐."

시킨 대로 사라진 부분의 경계선을 손가락으로 훑자 사라졌던 붉은 선이 다시 떠올랐다.

호오, 재밌네. 신기한 종이를 몇 번이고 만지며 놀고 있는데 패트릭이 입을 열었다.

"이런 장치에 의미가 있어? 그냥 처음부터 붉은 선이 있었으면 됐잖아."

확실히 그렇네. 나는 만지고 노느라 바빠서 눈치채지 못했던 신기한 종이의 제작 이유는 레문에 의해 바로 밝혀졌다.

레문은 나한테서 종이를 빼앗아 붉은 선을 지우더니 처음에 보여주었던 흑백 상태로 되돌렸다.

"붉은 선이 있는 편이 더 알기 쉽지만, 사실 붉은 선 같은 건 없어. 한 번 더 말할게. 흰색도 검은색도 아닌 부분이 노을의 나라야. 이번에는 알겠지?"

나는 아까 전 뜻을 알 수 없었던 레문의 말을 떠올렸다.

'실은 존재하지 않지만, 이 세상과 저세상 중간에 확실히 존재하는 곳인데…….'

흰색도 검은색도 아닌 부분은 존재하지 않는다. 하지만 지금은 경계선이 보인다. 흰색도 검은색도 아닌, 어느 색도 아닌 두께 0의 경계선은 확실히 존재했다.

"이해했나 보네. 이 세상과 저세상의 경계에 있고 존재조차 불안정한 세계. 그게 노을의 나라야."

어떤 곳일까. 적도가 붉지는 않듯이 진짜로 붉은 세계는 아닐 것 같은 느낌이 든다. 나라 이름은 생과 사의 경계를 의식한 모양이니 실제로 항상 노을이 진 것도 아닐 듯했다.

가 본 적 없는 노을의 나라를 상상하는데, 패트릭이 말했다.

"사람은 사후에 노을의 나라로 간다고 인식하면 되나?"

"모든 사람이 가지는 않아. 강한 미련이 남은 사람만이 들러붙어 남을 뿐. 세계 자체가 불안정해서 주민도 원래 갖고 있던 인간의 성질이 변모해 가지."

강한 미련이 남은 사람이 맘 편히 죽지 못한다는 건 알겠는데…… 성질이 변한다는 건 무슨 뜻일까. 나는 레문에게 질문했다.

"주민이 변모한다는 게 구체적으로 무슨 뜻이죠?"

"예를 들자면…… 일만 뼈 빠지게 하다가 과로사해서 죽을 때, 고양이처럼 느긋하게 살고 싶었다고 후회한 인간이 있다고 칠게. 그 마음이 노을의 나라에서는 자기에게 반영되는 거야."

"고양이처럼 느긋하게 살 수 있나요? 천국 같은 곳이네요."

"아니. 근본이 성실해서 주위 사람들 뒤치다꺼리를 하느라 별로 못 쉬는 고양이 귀가 달린 아저씨가 돼."

천국이 아니라 지옥이었군. 느긋하게 살고 싶었던 게 본질인데 고양이처럼 되고 싶다는 부분만 이루어지다니.

뭐, 비유는 지옥을 방불케 하듯 끔찍했지만 이해됐다. 이 세상에 남은 미련 같은 마음의 힘으로 육체가 변모한다는 뜻인가.

하지만 말이지 레문 군, 이게 싱글벙글 웃으며 들 비유는…… 비유 맞지?

아무도 행복해질 수 없는 슬픈 고양이 귀 아저씨 같은 건 없지? 레문에게 확인해 볼까 싶었지만, 사실이라고 해도 슬퍼질 뿐이라서 질문을 꾹 삼켰다.

"그곳에 있으면서 변해 가는 사람은 최후에 어떻게 되나요?"

레문은 종이의 검은 부분을 톡톡 두드렸다.

"만족하면 이쪽으로 가 버려."

"미련이 해소되지 않은 사람도 있잖아요?"

"그런 사람도 시간이 지나면 멋대로 사라져. 대강 백 년 정도일까? 그 이상 길게 머문 사람은 딱 한 명밖에 몰라."

노을의 나라에서 변신한들 사라지지 않는 미련은 아주 많겠지. 그걸 멋대로 사라진다고 표현하는 부분에서 인간 개개인에게 흥미가 없는 레문의 성격이 드러났다.

막연하긴 해도 노을의 나라에 관해 알았으나 이건 전제를 설명한 것에 지나지 않는다.

천국이라고도 지옥이라고도 할 수 없는 세계와 내 좌반신이 움직이지 않는 것. 언뜻 보면 무관한 듯한 두 가지 사실에 연결고리가 있다고 생각하니 한 가지 해답이 떠올랐다.

레문은 내 반신을 만지더니 확실히 이렇게 말했다. 죽었다고.

"제 반신은……."

"맞아. 누나는 좌반신만 죽어서 거기만 노을의 나라에 있는 거야."

3장 히든 보스(좌), 마왕과 재회하다

오케이. 그럼 처음부터 설명할게.

내 이름은 유미엘라 도르크네스. 여성향 게임 세계에 환생했을 때부터 내가 이 세계의 유일한 악역 영애였어! 그 뒤는 알지?

하염없이 레벨을 올렸다. 마왕 등등을 여럿 물리치고 사랑도 했다. 머지않아 결혼식도…… 아니, 이 이야기는 그만두자.

나는 레벨 99가 되어 마침내 레벨 상한조차 돌파했다. 역시 레벨 업은 최고야!

하지만 죽어 버렸다……. 원인은 모르겠다. 용사라 자칭하는 청년과 만나 사후 세계…… 노을의 나라에 관해 듣고 있다.

용사에게 붉은 선으로 흑과 백으로 나뉜 신기한 종이를 이용한 설명을 듣다가…… 방금 이야기가 끝난 참이다.

"대충 이런 거야. 질문 있어?"

"이 종이는 어떻게 만든 거예요?"

국왕님에게 노을의 나라에 관한 강의를 듣고 가장 궁금했던 건 신기한 종이였다. 흑백으로 나뉘어 칠해져 있고 경계를 덧그리면 붉은 선이 나왔다 사라졌다 한다.

궁금한 건 그쪽이구나…… 하고 국왕님이 쓴웃음을 지었고, 내 질문에는 고양이를 안은 고양이 귀 아저씨가 대답했다.

"신께서 만드신 걸 받았다냥!"

"호오, 신도 있군요."

"그렇다냥! 자주는 못 만나지만 뭐든 알려주시는 좋은 신이다냥!"

호오. 설명용으로 신기한 종이를 만들어 주는 걸 보면 정말로 잘해주는 신인가 보네. 어딘가에 있는 레문 군과는 하늘과 땅 차이로군.

흑백 종이 덕분에 없는데 존재하는 노을의 나라에 관해 어렴풋하긴 하지만 이해했다.

아직도 눈에 안 익은 새빨갛게 물든 세계를 둘러보았다. 쓸쓸한 불모의 대지는 정체를 알고 나니 더더욱 슬픔이 돋보이는 것 같았다.

여기가 어딘지도 알았고 사후 세계와는 조금 다르다는 것도 알았지만, 결국 나는 죽은 거구나. 미련이 남은 채로 죽어서 노을의 나라에 들러붙어 있구나.

죽었다는 실감이 안 드네…… 사인도 불명이고 납득이 잘 안 간다.

말없이 죽었다는 사실을 곱씹는데 국왕님이 말했다.

"다들 노을의 나라를 저녁이라고 말해. 삶이 끝나고 죽음을 받아들일 수밖에 없는 저녁이라고. 하지만 너는 그 지평선을 보고 아침노을이라고 단언했어."

"적당히 말했을 뿐이에요."

"그 광경을 보고 아침이라고 생각한 인물은 수백 년 동안 나타나지 않았어. 너와 만났을 때부터 확신했어. 해는 이제 곧 떠오를 거야. 나는 되살아나 보이겠어."

부활을 선언하는 국왕님의 눈동자는 죽은 사람과 완전히 반대되는 반짝임을 내뿜었다.

아까까지의 설명만 들으면 이 세계는 삶에서 죽음으로 가는 일방통행로처럼 느껴졌다. 하지만 이렇게까지 자신감이 넘쳐서 말하니 진짜로 가능할 듯한 느낌이 들기 시작했다.

"되살아날 방법이 있나요?"

"실마리는 잡혔어. 그리고 너 자신도 되살아나기 위한 열쇠가 될 거야."

나? 이쪽에 온 후로는 마법도 안 썼고 마력도 선보이지 않았다. 힘을 쓰는 것 외에 할 수 있는 일이 있으려나…….

"넌 노을의 나라에 온 지 얼마 안 됐어. 다시 말해 이 세계의 영향을 받지 않았지."

이 세계의 영향이란 화가 여자처럼 모습이 변하는 걸 말하는 거겠지. 현실 같은 그림을 그리고 싶다는 마음 때문에 화가의 육체는 그림처럼 변했다.

아저씨의 귀도 생전의 미련 때문에 변화한 것이다. 고양이처럼 살고 싶었다는 마음은 이해가 가니 지금도 움찔거리는 고양이 귀도 용서할 수……는 없겠는걸.

왕관에 망토, 마치 왕 같은 옷차림을 한 국왕님도 예전 모습과

다를지 모른다. 왕이 되고 싶었을 뿐인 일반인일 수도 있다.
인생의 후회라는 가장 남에게 알리고 싶지 않은 부분과 관련됐을 테니 직접 묻지는 않겠지만 상상이 가는 건 어쩔 수 없다.
지금 아저씨가 안고 있는 삼색 고양이는 어떨까? 고양이니까 그 대상에서 제외되려나?
나도 머지않아 몸에 변화가 나타날까. 어떻게 변할지 상상이 안 간다.
내 몸을 살펴보았지만 왼팔도 왼 다리도 변할 기색이 전혀 없었다. 죽은 지 얼마 안 된 사람은 다들 이렇지 않을까 싶은데……. 국왕님은 어디에서 특수성을 발견한 걸까?
국왕님은 잠시 망설이더니 말을 꺼내기 거북하다는 듯이 입을 열었다.
"넌 이미 몸이 변화했어……."
"어? 네? 어디가 이상한데요? 얼굴인가?"
왼손으로 왼뺨을 만져 보았지만 감촉은 평소와 똑같았다.
국왕님의 착각 아닌가? 진짜로 변한 거야? 하고 고개를 돌리자 고양이 귀 아저씨는 어색하게 시선을 피했다.
"어디가 변한 거죠? 거울을 보고 싶어요."
"일단, 거울은 있긴 한데……."
국왕님은 작은 손거울을 꺼냈지만 나에게 건네도 될지 고민하는 기색이었다.
국왕님이 머뭇거리며 내민 손거울을 나는 왼손으로 빼앗듯이 받아들고 들여다보았다.

"어……? 뭐야 이거."

"넌 처음 만났을 때부터 그랬어. 단계적이 아니라 처음부터, 변화가 아니라 소실…… 넌 전례 없는 현상으로 가득해."

거울 속 내 얼굴은 반밖에 없었다.

세로로 일도양단된 것처럼 오른쪽 머리가 없었다. 단면 부분은 새까맣게 칠해져 있었다.

머리뿐만 아니라 몸도 한가운데에서 잘려 반쪽밖에 없었다. 오른팔도 오른 다리도 보이지 않았다.

깨어났을 때부터 아픔도 위화감도 없었다. 평범한 감각으로 걸을 수 있었고, 오른팔을 쓸 수 없어서 불편하긴 했겠지만 신경 쓰이지 않았다.

설마 내가 머리 꼭대기부터 일도양단된 듯한 꼴이 될 줄이야. 기억에 없는 사인과도 관련이 있을지 모른다. 우반신이 소멸됐다든가? 블랙홀로는 이렇게 직선적인 단면이 되지 않으니까 짚이는 현상이 없다.

단면이 신경 쓰여서 왼손으로 오른뺨을 만지듯이 새까맣게 칠해진 평면을 마구 만지작거려 보았다. 얼굴을 만지는 감각은 없었고 손에는 서늘하고 차가운 금속 같은 감촉이 전해졌다.

즉 나는 일본도로 위에서 아래로 양단되어 우반신은 소각되고 좌반신은 단면이 금속으로 코팅된 뒤…… 그 행위들 중 하나가 원인이 되어 죽었다는 뜻인가. 그럴 리가 없지.

원래대로라면 죽을 때 찌부러졌든 팔다리에 결손이 있든 상

관없이 노을의 나라에 온 시점에선 생전의 건강한 모습으로 변한다고 한다. 그러니 내가 반신뿐인 데에는 특수한 원인이 있을 것이다.

노을의 나라의 영향이라 해도 우반신만 소실될 법한 미련이나 후회는 전혀 짐작이 가지 않았다. 우반신에 콤플렉스가 있는 것도 아니고, 몸무게를 반으로 나누고 싶다고 생각한 적도 없고…….

"어째서 우반신이 사라진 걸까요?"

"네가 모르면 나도 모르지."

국왕님이 고개를 저으며 답했다. 그리고 뒤이어 이렇게 말했다.

"모르지만…… 네가 그렇게 된 원인을 좇으면 되살아나기 위한 실마리가 될지도 몰라."

"아까도 말했는데 현세로 돌아갈 방법이 있는 건가요?"

"나는 계속 그 방법을 찾고 있었어. 실마리가 될 법한 물건도 몇 가지 발견했지. 그러니 부디 나에게 협력해 줬으면 해. 너도 되살아나고 싶은 거지? 미련이 남은 일이 있을 텐데."

국왕님의 눈은 더욱 반짝거려서 이 어슴푸레한 세계에 새벽이 온 게 아닐까 하는 착각이 들었다.

미련이 남은 일은 산더미처럼 많다.

패트릭이랑 좀 더 같이 있고 싶고 엘레노라와 류와도 더 놀고 싶다. 레벨도 더 올리고 싶고 결혼식은…… 그냥저냥 하고 싶다.

"협력할게요. 저도 되살아나고 싶어요!"
살아서 하고 싶은 것에 의식이 집중됐다.
그래서 이때의 나는 되살아난다는 것의 의미를 깊게 생각하지 못했다.

◆ ◆ ◆

마치 지금 당장에라도 출발할 듯한 분위기 속에서 고양이 귀 아저씨가 찬물을 끼얹었다.
"진짜로 갈 거냥?"
"괜찮아요."
"햇빛을 쐬는 건 좋지 않아. 신경 안 쓰고 돌아다니는 국왕님이 특별한 거야. 그만두는 편이 좋을 거다."
어미가 사라진 걸 보니 아저씨는 진심으로 걱정하는 듯했다.
하지만 나는 반드시 가야 한다. 말없이 고개를 젓자 아저씨는 포기한 듯이 한숨을 내쉬었다.
그리고 삼색 고양이를 옆에 내려놓더니 작은 병을 내밀었다.
"이것만이라도 들고 가거라."
"향수……인가요?"
작은 병을 건네받자마자 향수라는 사실을 알아챈 건 엘레노라의 영향이겠지.
호기심을 억누르지 못한 나는 곧바로 손목에 살짝 뿌려 향기를 확인했다. 고양이 귀 아저씨가 준 선물…….

"범죄의 냄새……?"

죄상을 알 수 없는 냄새다. 명확하게 법을 어긴 건 아니니까 경찰 아저씨도 고양이 귀에는 고생하지 않을까.

그런 냄새는 있을 리 없으니 무슨 냄새인지 잘 모르겠다. 스파이시한 향기에 꽃이 감싸여 있는 듯한 느낌이라 해야 하나.

"이곳의 향기야. 노을의 나라를 이미지했지."

"이미지……했다고요?"

마치 고양이 귀 아저씨가 스스로 만들었다는 듯한 말투에 의문이 들어 되물었다.

그러자 아저씨는 그렇다며 고개를 끄덕였다.

"그래. 내가 만든 거야. 생전부터 그런 걸 만들었지. 과로로 쓰러져서 은퇴한 뒤에 잠깐 했을 뿐이지만."

고양이 귀 아저씨, 노후 취미로 향수를 만들었었구나…….

이 아저씨 말고도 노후에 향수 만들기에 눈뜬 사람을 아는데, 등산이나 소바 만들기처럼 흔히 하는 취미인가?

다시 한번 향기를 맡아 봤지만 무슨 향기인지 알 수 없었다.

노을의 나라를 이미지했다는데, 이 사막은 무취 아닌가…….

내 코가 이상해졌나 싶어서 용사 쪽을 보자 용사는 곤란하다는 듯이 웃었다. 이건 고양이 귀 아저씨 특유의 감성인 모양이다. 아저씨는 어미를 붙이는 걸 잊은 채 말했다.

"해가 지는 불모의 대지긴 하지만 그곳에 사는 사람들은 각자 평온하게 하루하루를 보내고 있지. 따뜻한 사후 세계에서 아이디어를 얻은 거야."

"네람 씨……?"

말도 안 된다고 생각하면서도 내 입에서는 누군가의 이름이 튀어나왔다.

불우한 조향사 네람 씨. 노후에 조향사를 시작해 풍경이나 문화에서 아이디어를 얻어 독특한 감성으로 향수를 만들었다…… 조건이 너무 비슷한걸.

하지만 엘레노라가 존경하는 그 조향사가 설마 이렇게 웃기는 외형일 리가 없잖아.

"어떻게 내 이름을……?"

"진짜로 네람 씨예요?! 그 네람 씨?!"

"뭘 착각했는지 모르겠지만 난 그렇게 대단한 인물이 아니야. 어릴 때부터 아버지가 시키는 대로 공부하고 아버지와 똑같이 관리로 일하고 결혼도 못하고 죽었지. 남동생처럼 자유롭게 전 세계를 여행하고 싶었지만 은퇴 후에 그럴 체력은 남아 있지 않았어. 조금 더 자유롭게 행동할 걸, 조금 더 쉴 걸 하고 후회하며 죽어갔던 남자야."

고양이가 되고 싶어질 만도 한 인생사를 듣고 나는 더더욱 확신했다.

이 사람이 바로 네람 씨 본인이다. 나는 약간이지만 네람 씨의 노후를 안다.

"과로로 쓰러져서 은퇴한 뒤에 향수를 만들기 시작했죠?"

"조금 동경했거든. 은거한 노인의 취미라서 아무도 상대해 주지 않았지만."

"사후에 평가받아요. 당신의 향수는 아주 인기가 많다고요!"

네람 씨가 불우하다는 말을 듣는 이유는 세간에 평가받기 전에 세상을 떠났기 때문이다. 늦깎이 천재 네람 씨는 자기 작품이 빛을 보는 순간을 함께하지 못했다.

현재는 향수 마니아인 그 엘레노라가 절찬할 정도다. 나는 셀 수 없을 만큼 여러 번 들었다.

"그럴 리가 없어. 왜냐하면 내가 만든 향수는……."

나는 향수에 전혀 관심이 없다. 그래도 같은 이야기를 몇백, 몇천 번이고 들으면 외워지는 법이다.

나는 네람 씨가 할 말을 알고 있었다.

""가짜 향기.""

완벽하게 말이 겹쳐서 매우 놀란 아저씨 대신에 내가 말을 이었다.

"네람 씨의 향수가 가짜라고 불리는 이유는 모르는 장소나 사물을 모티브로 했기 때문이에요. 전 세계를 방랑했던 동생분의 여행기를 토대로 미지의 풍경이나 문화, 꽃 등을 모티브로 한 향기를 만들었죠."

거목이 빼곡히 들어선 깊고 어두운 숲, 모든 국민이 쾌활하고 음악을 좋아하는 나라, 일부 지역에만 분포된 희귀한 꽃.

아무도 모르는 것들의 향기는 쉽게 받아들여지지 않았고 조향사가 죽은 후에야 미지의 세계에 대한 상상을 불러일으킨다고 화제가 되었다.

제작 동기까지 맞히자 내 말을 안 믿던 네람 씨는 당황했다.

"하, 하지만…… 난 마을에서 나간 적이 손에 꼽을 정도로 적은 사람이고 문장만으로 상상한 향기는 분명 진짜와는 다를 텐데……."

"맞아요. 진짜는 전혀 다른 향기예요. 그 귀중한 꽃은 현지에서는 악취로 유명하거든요."

향수의 향으로만 아는 희귀한 꽃이 있다면 실물이 궁금해지는 것이 사람이다. 어느 유력 귀족 아가씨는 거금을 들여 대륙 바깥의 꽃을 사들였다. 도착한 꽃은 전해들은 것과 특징은 똑같았지만 견디기 힘들 정도의 악취를 내뿜었다.

동생의 여행기에는 꽃의 외형만 적혀 있어서 네람 씨는 알리가 없었겠지만 본인은 크게 충격받은 듯했다.

"그럴 수가, 악취라니…… 동생은 그런 말을……."

악취가 나는 꽃을 전해 받은 귀족 영애는 실망하지 않았다. 하지만 위화감이 든 영애는 여행기까지 사들여 철저하게 네람의 남동생을 조사했다. 아니, 조사시켰다. 아가씨에게 조사할 능력은 없었으니까.

그리고 영애는 한 가지 결론에 도달했다. 네람 씨의 향수가 가짜라고 불리는 또 다른 이유에.

"동생분도 몰랐어요. 꽃의 외형밖에 몰랐던 거죠."

"어째서지? 동생의 코는 정상이야. 꽃향기는 안 적혔지만 항해 중에 맡은 바다 내음은 상세하게 기록돼 있었는데."

"바다 내음밖에 몰랐던 거예요. 동생분은 전 세계를 모험하지 않았어요. 집을 뛰쳐나간 뒤에는 계속 항구에서 일했죠."

네람의 동생은 말년에 형 앞에 모습을 드러내더니 여행기를 놓고 갔다. 하지만 그건 전부 거짓말이었다. 남에게 들은 이야기를 자기 눈으로 본 것처럼 써 놓았을 뿐이었다. 당연히 여행기도 가짜로 꾸며낸 이야기였다.

어째서 거짓말을 했을까.

진의는 아무도 모른다.

하지만 친형은 이해한 듯했다.

"그 녀석은…… 동생은, 어릴 때부터 허세가 가득했어. 싸움에서 이겼다든가, 보석을 주웠다든가 하는 거짓말만 했지. 어차피 항구에서도 사기꾼 같은 짓이나 했겠지?"

"아뇨. 상회에 취직해서 장부 관리를 했다는 모양이에요. 매일 배에 싣는 화물량이 방대해서 격무였다나."

두 형제의 삶은 서로 닮았다.

둘 다 서류와 씨름하며 동생은 가짜 여행기를, 형은 가짜 향수를 만들었다.

가짜를 본뜬 가짜는 진짜보다도 훨씬 더 마음에 남는 향기라고 엘레노라는 말했다. 관심이 없는데도 외웠을 만큼 엘레노라가 자주 하는 이야기였다.

고양이 귀 아저씨의 고양이 귀가 툭 하고 지면에 떨어졌다.

"나는, 동생처럼 자유롭게, 고양이처럼 지내고 싶다고 생각했는데 착각이었던 모양이군. 실은…… 동생과 함께 전 세계를 모험하고 싶었던 거야."

그 미련을 해소하기는 어려울지도 모른다. 차라리 고양이가 되는 편이 간단할지도.

꼭 전하고 싶어서 말했는데, 쓸데없는 짓을 하고 말았다.

네람에게 해 줄 말이 떠오르지 않아서 입을 다물었는데 밑에서 목소리가 들려왔다.

"나도 착각했어. 어부에게 생선을 달라고 조르는 고양이 같은 생활을 하고 싶다고 생각했었는데 아니었나 봐."

어? 누가 말한 거지?

목소리의 주인이 보이지 않아 주위를 둘러보았지만 삼색 고양이밖에 안 보였다.

설마 네가 말한 건 아니지? 고양이를 빤히 바라보자 고양이의 고양이 귀도 떨어졌다. 그리고 눈 깜짝할 사이에 커지더니 사람으로 변했다. 네람 씨와 닮은 아저씨였다.

"나도 형이랑 같이 세계를 여행하고 싶었어."

어, 형이 고양이 귀 아저씨고, 동생이 고양이였던 아저씨야? 아저씨와 고양이가 그렇게 친화력이 높았던가?

고양이가 사람이 된 것에 놀란 이는 나뿐이었다. 가깝게 지내던 고양이가 동생이 됐으면 놀랄 법도 한데, 형제는 보통 재회했을 때 나눌 법한 대화도 하지 않고 나란히 걷기 시작했다.

"노을의 나라를 모험하면 되잖아. 어떤 비경보다도 귀할 테니까."

"그래. 내가 여행기를 쓰고, 형이 그걸 보고 향수를 만들면 되겠네."

"진짜를 보고 있으니까 가짜 여행기는 필요 없어."

"나도 이번에는 거짓말이 아니거든."
똑 닮은 형제는 노을이 비추는 대지에 발을 들였다.
그렇게나 무서워하던 햇빛 아래에서 두 사람은 모래가 되어 사라졌다.
"사라졌어…… 어째서?"
"두 사람의 생전의 미련이 해소됐으니까. 아까 사라진 화가 여자와 똑같아. 만족한 거야…… 아침은 아직 오지 않았는데."
노을의 나라에서는 일상다반사일지도 모른다. 하지만 화가 여자와 그들은 다르다. 만족했다는 용사의 말을 나는 납득할 수 없었다.
"하지만 아직 두 사람은 세계 여행을 하지 않았잖아요!"
"그들의 소망은…… 형제끼리 미지의 세계를 향해 한 걸음 내딛는 게 아니었을까."
그렇구나. 생전의 미련이 둘 다 동시에 해소됐다면…… 기뻐해야 하나?
만난 지 얼마 안 됐지만 인상 깊은 둘과의 이별에 약간 쓸쓸함을 느끼며 나는 가장 강하게 품고 있던 속마음을 토로했다.
"삼색 고양이가…… 아저씨였다니."
"내가 계속 말했잖아. 삼색 고양이가 동생이라고."
고양이 귀만 달린 아저씨와 아주아주 귀여운 삼색 고양이가 설마 피가 이어진 형제였을 줄 누가 알았겠냐고요.
원래 모습으로 돌아가기 전에 삼색 고양이를 만지지 못한 걸 후회하는데 용사가 말했다.

"자, 서두르자. 지금은 새벽이야. 이제 우리의 아침을 되찾는 거야."

"그래……야죠."

화가 언니도 고양이 형제도 이곳은 저녁의 세계라고 인식했었다.

노을의 나라의 현실을 직접 봤음에도 되살아나는 걸 포기하고 싶지 않다. 그 실마리를 찾기 위해 마을을 나가려던 참이었다.

나는 아침노을이 진 대지로 한 걸음을 내디뎠다.

◆ ◆ ◆

붉은 황야. 나와 용사는 지평선에서 빛이 새어 나오는 방향으로 걸었다.

내가 깨어나서 마을까지 왔던 길을 되짚어가는 꼴이었다.

고양이 귀 아저씨가 말했는데, 햇빛을 쐬면 좋지 않은 일이 일어난다……고 신께서 당부하셨다고 한다. 이유가 너무 막연해서 용사도 신경 쓰지 않는 듯했다.

"햇빛을 쐬면 안 좋다는 게 진짠가요?"

"현재 노을의 나라에 가장 오래 있는 사람은 나야. 난 신의 충고를 신경 쓰지 않고 마을 바깥을 돌아다니지만 이변이 일어날 기색조차 없어."

"하지만 출처를 알 수 없는 미신이 아니라 신께서 직접 말씀하신 거잖아요?"

"소년의 외형을 한 그 신은 도저히 믿음이 안 가."

흐음, 이쪽 신도 레문 군 같구나.

고양이 귀 아저씨는 사람이 좋아 보였으니 속이 시커먼 신이 하는 말을 그대로 믿는 것도 납득이 간다. 수상쩍은 소년의 외형을 한 신을 실제로 한 명 알고 있어서 쉽게 이해했다.

"저도 비슷한 느낌의 수상한 놈을 알아요."

"그 신은 그림자 속을 지배해. 햇빛은 위험하니까 그늘에 있으라고 지시하는 건 아마 주민을 자신의 눈이 닿는 범위에 두기 위해서라고 나는 생각해."

"비슷한 놈이 아니라 그 본인을 아는 건지도 모르겠네요."

그 시커먼 놈, 여기에도 있는 건가. 진짜 어디에서든 솟아나는구나.

레문이 있다면 되살려 달라고 부탁할까도 생각해 봤지만 곧바로 무리임을 깨달았다. 세계의 법칙을 중시하는 레문은 부활 같은 건 절대로 인정하지 않을 테니까.

용사도 설마 내가 진짜로 레문과 면식이 있을 거라고는 여기지 않았는지 "아마 다른 사람일 거야."라고 서두를 깔고 말했다.

"앞으로 갈 곳도 신에게는 위험하다고 충고받았어. 그렇기에 되살아날 실마리가 되지 않을까 싶었지."

"그렇군요. 위험한 게 아니라 신에게 불리한 점이 있을 거라는 얘기로군요."

"맞아, 문을 여는 것이야말로 되살아나는 유일한 길이야."

"문?"

"지금 가고 있는 곳을 나는 문이라고 불러. 슬슬 보일 거야."
내가 깨어난 위치보다도 훨씬 동쪽(?)으로 걸어왔다.
용사는 야트막한 언덕을 넘은 곳에서 해가 있는 방향을 가리켰다.

문이다. 거대한 문이있다.
붉은 황야에 양쪽으로 문짝이 달린 문이 우뚝 서 있었다.
건물은 없었다. 아무것도 없는 붉은 사막에 회색 문만이 자리 잡고 있었다.
바로 옆을 쉽게 지나갈 수 있을 것처럼 보여서 문이 있는 의미가 없는 것 같았다. 뒤쪽은 어떻게 되어 있을까. 그 의문을 입 밖으로 내지 않았는데도 용사가 설명해 주었다.
"뒤쪽에는 아무것도 없어. 어떤 구역을 구분 지은 것도 아니야. 서 있는 의미가 없는 문이지만……."
"누가 봐도 신기한 일이 일어날 것 같네요."
"그래. 하지만 아무 일도 일어나지 않았어. 문을 밀어도 꿈쩍하지 않아. 힘이 아니라 특수한 방법으로만 열 수 있을 거라고 생각해. 그래서 널 데려온 거야."
괜찮아요. 힘이 필요한 일이었어도 저보다 좋은 인재는 없거든요.
나는 참지 못하고 현세로 이어질 듯한 문으로 달려갈 뻔했다. 그러나 곧바로 용사가 붙잡았다.
"진정해. 저기엔 문지기가 있어."

"더더욱 수상하네요. 지금까지 문을 조사할 때는 어떻게 했었나요?"

"문지기가 온 뒤로는 문에 별로 다가가지 못했어. 약 1년 정도밖에 안 됐지만."

용사가 말하길 문지기가 배치된 건 최근 일인 듯했다.

그전까지는 완전히 자유롭게 조사했었는데 갑자기 문지기가 나타나다니, 역시 문은 현세로 통하는 걸까.

"신이 경계해서 문지기를 둔 거로군요."

"아니, 문지기와 신은 관련이 없어. 문지기는 자기 의지로 문을 지키지. 누구에게도 지시받지 않았어."

어, 왜죠? 취미? 봉사활동?

애초에 문지기는 사람일까. 그렇다면 문지기는 최근 1년 사이 죽은 인물이라는 거니까 문을 지키는 이유 따위는 하나도 없을 텐데. 신과 관련이 없다고 단언하는 이유도 있을 테고…….

문지기에 관해 이것저것 아는 듯한 용사는 최소한의 정보만 얘기했다.

"문지기와는 개인적으로 좀 일이 있거든."

"노을의 나라의 국왕님도 여러모로 힘들어 보이네요."

"아니, 문지기와의 인연은 생전부터 있었던 거야."

아, 그렇구나. 생전에 면식이 있는 사람과 만날 가능성도 제법 있는 건가.

어라? 하지만 문지기가 자발적으로 문을 지키기 시작한 건 최근이고, 용사는 꽤 오래전에 죽은 사람이고…… 시점이 안 맞는데. 문지기라는 사람이 문을 지키기 시작한 게 최근이라는 뜻인가?

"내가 문지기의 눈길을 끌 테니 너는 문으로 가."

"잘될까요? 문지기가 문을 수호하는 걸 우선했을 때는 어떻게 하죠?"

"그럴 일은 없어. 네가 문지기의 원한을 살 법한 짓이라도 했다면 얘기가 다르겠지만……."

용사님은 문지기에게 원한을 샀구나.

나는 그 이상 추궁하지 않았다. 아무래도 용사는 문지기에 관해 별로 말하고 싶지 않은 듯했다.

나와는 전혀 상관없는 사람일 테니 문에 집중하자.

용사가 먼저 가서 문지기를 끌어내고 그 틈에 내가 우회해서 문으로 향한다는 조잡한 포메이션은 금세 준비됐다.

용사는 거대한 문에 비하면 작게 보이는 인영을 향해 혼자서 걸어갔다. 문지기의 윤곽은 보이지만 그 외에는 역광 때문에 확인할 수 없었다.

나는 문지기보다 문에 집중해야 한다.

모래언덕의 능선에 숨어서 크게 돌아 문으로 향했다. 용사와 문지기는 무어라 말다툼을 하는 듯했다.

문지기의 주의가 쏠린 동안 문에 다가가…….

"말도 안 돼……."

목소리가 나오고 말았다.

용사와 마주 선 문지기의 길고 검은 머리카락을 보고, 잊을 수 없는 옆얼굴을 보고, 용사와 대치하기에 걸맞은 그를 보고…… 반응할 수밖에 없었다.

그자는 죽었을 텐데…… 맞아, 죽었지.

내 목소리에 반응해 그자가── 마왕이 뒤를 돌아보았다.

"네놈…… 그렇게 큰소리를 쳐 놓고 벌써 죽은 거냐."

마왕은 원수가 분명한 나를 보고도 연민하는 눈빛을 보냈다.

그렇구나. 죽은 자의 나라라면 마왕이 있어도 이상하지 않다. 문지기는 나와 상관없는 사람일 줄 알았는데, 막상 상황이 되니 정반대였다. 죽고 죽였던 상대와 재회하게 될 줄은…….

문에 돌진하는 작전은 수포로 돌아갔다. 아무 말도 못 하고 멈춰 선 나를 보고 이번에는 용사가 입을 열었다.

"두 사람에게 면식이 있을 줄 몰랐는데. 봉인이 풀린 후인가?"

용사…… 그래, 그 남자는 용사라고 불린다고 했다.

왕 같은 옷차림을 한 용사에 발샤인 왕국을 알고 문지기에게 원한을 샀다……. 그것만으로는 정체를 알 수 없는 인물일 뿐이었지만 문지기가 마왕임을 안 지금은 해답이 나왔다.

수백 년의 세월에 걸쳐 노을의 나라에 있던 용사는 발샤인 왕국의 초대 국왕이 틀림없었다.

건국 시대의 용사와 마왕. 그리고 나.

용사는 마왕을 봉인한 후 노쇠로 죽었다.

마왕은 봉인에서 풀려난 후 나에게 죽었다.

그런 나도 원인은 알 수 없지만 죽고 말았다.

사망 시기는 다르지만 인연이 있는 세 사람이 노을의 나라에서 한꺼번에 재회했다.

"용사와 마왕이 모이다니."

내 중얼거림에 반응한 사람은 마왕이었다.

마왕은 불쾌한 듯이 턱짓으로 용사를 가리키며 말했다.

"용사? 이 녀석이 용사라고?"

맞다. 용사와 마왕의 우화는 나중에 가짜로 만들어진 거였지.

초대 국왕이 힘을 가진 마왕을 두려워하여 배신하고 봉인한 뒤…… 사악한 마왕을 용사가 물리쳤다고 선전했다는 게 진상이다.

예전의 마왕은 왕국을 멸망시키려고 했으나 지금은 실현이 불가능하다. 그렇다면 나는 마왕의 편을 들고 싶었다.

미련이 남은 인간이 모이는 노을의 나라. 내 미련은 마왕을 구하지 못했던 것일지도 모른다.

나는 마왕 옆에 서서 용사와 대치했다.

"지금 두 분이 어떤 사정인지는 잘 모르지만 저는 당신 편을 들겠어요."

전설의 용사와 최종 보스 및 히든 보스 연합. 승패의 행방은 아직 모른다.

4장 히든 보스(우), 검은 수첩을 발견하다

오케이. 한 번만 더 설명할게.

내 이름은 유미엘라 우반신 도르크네스. 이 세계에 단 한 명뿐인 악역 영애였는데…… 나는 왼쪽과 오른쪽, 둘로 분열된 모양이다.

더 최악인 건 내 좌반신은 죽어서 노을의 나라라는 곳에 있는 듯했다.

그래서 나는 지금 우반신밖에 움직일 수 없다. 하지만 포기하지 않아! 이제껏 몇 번이고 곤란한 상황에 맞섰으니까.

반드시 좌반신을 되찾겠어. 그러려면 우선…….

"어떡하지……."

"어떡하나."

무리하게 기운을 끌어올렸으나, 반신만 죽었다는 영문 모를 사태에 나와 패트릭은 깊은 한숨을 내쉬었다.

좌반신이 사망했다는 게 판명된 뒤 레문에게 이것저것 물어보았지만 유용한 정보는 없었다.

노을의 나라라는 곳에는 죽어야만 갈 수 있다는 것도 사실인 모양이고, 저쪽에서 현세로 돌아오는 방법도 없는 듯했다.
유미엘라(좌)를 구한다고 노을의 나라로 가기 위해 유미엘라(우)가 죽어 버리면 주객전도가 되고……. 뭐, 유미엘라(좌)는 좋은 녀석이었어. 나(우)는 나(좌)의 몫까지 살아갈 거야!
"어떡하지……."
"어떡하나."
우리는 나란히 몇 번째인지 모를 한숨을 내쉬었다.
이거 이미 글렀어. 안 그래도 갑자기 뒤늦게 튀어나온 설정이라 의미를 모르겠는데 유일한 실마리는 레문 군뿐이라니.
레문은 내 힘이 반 토막 난 걸 기뻐하기 때문에 적극적인 협력은 바랄 수 없다. 물어보면 대답해 주는 게 유일한 희망이라 해야 하나.
나는 다시 한번 어둠의 신에게 질문했다.
"진짜로 되살아날 방법은 없는 건가요?"
"난 몰라."
"목소리만 전하거나, 편지로 소식을 주고받을 수는 없나요?"
"희미하게 냄새가 전해지는 경우는 있다는데, 목소리나 글자는 무리야."
왜 냄새만 오케이인 건데. 냄새로 모스 부호를 만들어서 내 좌반신과 소식을 주고받는 건…… 무리겠지.
저쪽의 나도 나니까 냄새를 이용한 암호 따위 절대로 이해할 리가 없다.
냄새만으로 의사소통하는 방법을 고민하고 있는데, 패트릭이 입을 열었다.

"자력으로 소식을 주고받지 않아도 레문이 저쪽의 유미엘라에게 말을 전해 주면 되는 거 아니야? 레문은 노을의 나라에 갈 수 있잖아?"

"알겠어. 누나의 좌반신에게 말을 전하면 되는 거지. 편지라도 상관없어. 내가 건네줄게!"

"이쪽 상황을 설명하고…… 아니 잠깐, 너무 빠르게 수긍하는 거 아니야? 노을의 나라에 간다고 해 놓고 그대로 숨어서 나오지 않을 셈이지?"

레문은 말이 없었다. 정곡을 찔린 듯했다.

좌반신과 직접 소식을 주고받을 방법은 없고 메신저도 믿음이 안 가고 정말 어쩔 도리가 없네.

저쪽에서 먼저 접촉해 오면 좋을 텐데……. 하지만 패트릭이 '이쪽 상황을 설명하고' 라는 말을 꺼냈듯이 저쪽의 나는 사태를 얼마나 파악했을까.

만약 내가 좌반신만 남았다면 우반신이 사라졌다고 인식할 테지. 설마 우반신은 살아 있고 자기만 죽었으리라고는 생각지도 못할 것이다. 애초에 자기가 죽었다는 걸 눈치채긴 했을까.

우리는 레문에게 노을의 나라의 설명을 들었지만, 저쪽에는 그렇게 설명해 주는 편리한 캐릭터도 없겠지.

어쩌면 앞으로의 행동 방침에 조금이지만 영향이 있을지도 모르니 한번 물어보자.

"제 좌반신은 상황을 이해하고 있을까요? 죽었다는 것조차 모를 수도 있잖아요."

"안 봐서 단언할 순 없지만 그렇진 않을 거 같은데? 아마 국왕님이 알려줬을 거야."

"죽었다는 사실은 안다는 거군요. 노을의 나라에도 국왕이 있나 보네요."

"멋대로 관리자를 맡았을 뿐이지만 말이야."

관리자가 있다는 것도 그렇지만 노을의 나라에 커뮤니티가 있다는 게 더 놀랍다.

좀 더 모두가 제멋대로 날뛰는 무법지대를 상상했는데. 그렇게 솔직히 감상을 말하자 레문이 자기의 간악함을 털어놨다.

"아니~ 내가 빛을 쐬는 건 좋지 않다고 했더니 다들 믿지 뭐야. 다들 산그늘에 모여 있으니 내가 감시하기 쉬워서 다행이야. 누나의 좌반신도 그 마을에 도착했을 거야."

"……레문 군의 가르침을 정직하게 지키는 사람들에게 미안한 마음은 없나요?"

"으음, 딱히. 국왕님은 내 말을 별로 안 믿기도 하고."

우와…… 알고는 있었지만 너무 비인간적이라서 깬다.

성실한 사람일수록 가르침을 믿고 빛을 쐬지 말라고 주위에 널리 퍼뜨리겠지.

나는 악의 신 레문에게 질겁할 따름이었지만, 패트릭은 달리 신경 쓰이는 부분이 있는 듯했다.

"왜 레문은 관리자를 국왕님이라고 부르지? 지금까지 들은 얘기만으론 왕이라고 칭할 요소는 없는 것 같은데……."

듣고 보니 그렇네.

국왕이라기보단 자치회장 같은 이미지다. 그 관리자가 스스로 국왕을 자칭하는 건지, 자연스럽게 주위 사람들이 그렇게 부르게 된 건지, 레문이 비꼬는 의미로 왕이라고 부를 뿐인 건지…….

답은 그 어느 것도 아니었다. 레문은 가볍게 넘길 수 없는 충격적인 사실을 가볍게 고백했다.

"아, 이 나라 이름이…… 뭐였더라?"

"발샤인 왕국이요?"

"그래, 거기. 거기의 초대 국왕이라서 국왕님이라고 불러."

누군가에게는 중대한 사항이라도 남이 보면 별것 아닌 경우가 많다.

당연한 일이지만 레문은 상식을 벗어나 있다. 노을의 나라에 초대 국왕이 있다니, 맨 처음에는 아니더라도 세 번째 정도에는 말해 줬어야지.

"왜 말 안 했어요?!"

"딱히…… 그냥 평범한 사람이잖아."

"아니, 국왕님이잖아요? 특별한 사람이니까 말해 줘야죠."

"다들 누군가에게는 특별한 사람인걸? 사람에 따라서는 국왕님보다 고양이 귀 아저씨 얘기를 더 듣고 싶어 하기도 한다고."

맞는 말이었다. 고양이 귀 아저씨의 가족 입장에서는 발샤인을 건국한 영웅보다 고양이 귀 아저씨 얘기가 더 듣고 싶겠지. 고양이 귀 아저씨란 게 진짜로 있는 거야?

그건 그렇고 초대 국왕이란 말이지. 마왕의 진실을 아는 몸으로서 안 좋은 인상이 지배적인 인물이다.

"초대 국왕에 관해 조금 더 들려주세요. 그리고 다른 중요한 인물이 있으면 알려주세요."

"중요 인물…… 고양이 귀 아저씨?"

"그 사람은 이제 됐어요."

레문에게 초대 국왕에 관해 이것저것 물어보고 그 사람의 특수성을 알아냈다.

그 사람은 국왕이라는 생전의 스테이터스를 제외해도 상당히 특별한 인물이었다.

노을의 나라의 관리자를 맡은 건 최고참 주민이기 때문이다. 생전의 미련이 남아 봤자 수십 년이면 사라져 버리는 세계에서 그 사람은 수백 년이나 버티고 있다.

그리고 그 사람은 레문의 당부를 지키지 않고 빛이 내리쬐는 세계를 산책하며 부활을 노리고 있다는 듯했다.

내 좌반신이 되살아날 수단과 가장 밀접한 유일한 존재는 그 사람이 틀림없었다.

이해관계가 일치해서 협력할 수 있는 만큼 레문보다 믿음직스러울지도 모른다. 국왕에 관해 더 알고 싶어져서 질문을 거듭했다.

"국왕님이 부활하려는 이유는 뭔가요?"

"인간은 다들 죽은 후에 현세로 돌아오려고 하잖아."

"그건 그렇지만…… 보통 사람보다 더 노력하는 걸 보면 현세에서 이루고 싶은 큰 야망이 있을 거 아니에요?"

"몰라. 관심 없어."

아…… 인간의 감정에 무관심한 레문 군의 안 좋은 점이 드러났다.

노을의 나라에 있으니까 뭔가 미련이 있는 건 확실한데……. 그야 국왕도 후회하는 일이 한두 개쯤은 있겠지. 하지만 몇백 년이나 포기하지 않고 되살아날 방법을 찾을 정도면 상당한 야망이 있는 듯했다.

"패트릭은 어떻게 생각해? 초대 국왕의 목적이 뭘까?"

"모르겠어. 인품을 모르니까 상상도 못 하겠네."

그렇겠지. 어떤 사람인지도 잘 모르겠다. 역사서 같은 데에 인품이 써 있긴 하지만 각색이 들어가서 사실과 다를 것이다.

나라를 세운 위대한 사람은 과연 죽을 때 무슨 생각을 했을까…….

그 후 초대 국왕의 인물상과 가까워지기 위해 레문에게 질문 공세를 퍼부었으나 거의 아무것도 알아낼 수 없었다. 레문 군, 개인에게 관심 좀 더 가져 봐.

완전히 벽에 부딪혔지만 유일한 이정표가 초대 국왕님이라는 건 사실이다.

달리 취할 수 있는 수단도 없는지라 우리는 초대 국왕님을 철저히 조사하기 위해 왕도로 향했다.

움직이지 않는 좌반신을 패트릭에게 지탱받으며 반나절 동안 마차를 타고 왕도로 갔다. 류 군은 집 지키기 담당. 엘레노라는 어째선지 따라왔다.

곧장 왕성까지 간 우리는 바로 로널드 씨와 면회할 수 있었다.
사람을 물린 개인실로 안내되자마자 엘레노라가 로널드 씨를 어떻게 부를지로 우왕좌왕했다.
"오라버…… 아니지. 학원자…… 이것도 아닌데. 누구세요……?"
"감추지 않아도 돼."
"오라버니!"
"그래그래, 오랜만이구나 엘레노라."
로널드 씨는 엘레노라의 오빠이자 전 학원장이자 현 국왕의 오른팔…… 참 복잡한 사람이다. 로널드 씨는 마왕 봉인의 진실도 알고 있으니 각색 없는 초대 국왕의 인품을 조사하려는 우리에겐 매우 믿음직스러운 사람이다.
우리는 인사를 적당히 넘기고 대뜸 본론을 꺼냈다.
"저는 지금 초대 국왕 폐하를 조사하고 있어요. 그러니 왕가에 소장된 자료를 보여주실 수 있을까요?"
"좋아. 안내할 테니까 마음대로 보고 가."
우와, 문답 한 번에 바로 대화가 끝났다.

스토리 전개는 빠른 편이 좋긴 하지만 아무리 그래도 정도란 게 있다. 왕가가 소중히 가지고 있는 선조님의 자료니 세간에 보여줄 수 없는 것이 널렸을 텐데.

다른 속셈이 있는 건 아닐까 싶어서 내가 입을 다물자, 로널드 씨가 곧바로 보충 설명을 했다.

"솔직하게 받아줘. 그 왼 다리…… 팔도 똑같은가. 그거와 관련된 거지? 단순히 흥미 때문에 그러는 거라면 거절하겠지만, 사정이 있다면 협력하고 싶어."

"감사합니다. 답례는……."

"됐어. 몸 상태가 안 좋아서 힘들어 보이는 사람한테 답례라니 못 받지."

구체적인 답례의 내용을 정하려고 했는데, 로널드 씨가 온화하게 사양했다.

빚이 하나 생긴 거로군. 언젠가 로널드 씨나 국왕 폐하가 원하는 타이밍에 상응하는 보답을 해야 한다. 아~ 차라리 거금을 요구받는 편이 나았겠어.

하지만 나에게 고개를 끄덕이는 것 외의 선택지는 없었다.

"알겠습니다. 이 은혜는 언젠가……."

"살짝 곤란할 때 연락할지도 몰라. 유미엘라 양이 편할 때라도 상관없어."

이렇게 아무도 접근 못할 문헌을 뒤질 수 있다면 싼 편인가.

로널드 씨도 무리한 부탁은 하지 않겠지. 세계 정복을 도와달라고 해 봤자 내가 거절하리라는 건 이미 알 테고. 머지않아

내가 하기 싫어하지만 아슬아슬하게 승낙할 절묘한 답례를 요구할 것이다.

너무하다고는 생각하지 않는다. 사정을 설명하지도 않고 왕가의 비밀을 알려달라고 하는 우리가 훨씬 더 비상식적이다.

몸이 반만 죽어서…… 라고 처음부터 말해 봤자 안 믿겠지.

나는 반쯤 설명을 포기했으나 엘레노라는 달랐다.

"유미엘라의 좌반신이 노을의 나라로 가 버렸대요! 어둠의 신께 먼 옛날의 국왕 폐하가 부활하려 한다는 말을 듣고 여기로 온 거예요!"

로널드는 웃는 얼굴로 고개를 끄덕이며 여동생의 말에 귀를 기울였다.

상당히 판타지스러운 요소가 강한 내용이었지만 로널드는 눈에 띄는 리액션을 보이지 않고 온화하게 말했다.

"엘레노라는 전부 말하고 만다니까. 최선의 방법은 거짓말을 굳게 믿게 만드는 거지."

"거짓말이 아니에요!"

로널드 씨는 여동생이 거짓말쟁이가 아니라고 신뢰하는 동시에 여동생이 거짓말을 진짜로 믿는 성격임을 알았다.

차라리 날조된 이야기라고 여기는 게 나으니까 분개하는 엘레노라는 무시했다.

"이것 참, 정말 다행이야. 저번 건 이야기가 아닐까 하고 조마조마했거든."

"소란 피워서 죄송했습니다."

저번 건이란 호국경에 관한 소동을 말하는 거겠지.
어전 회의에서 한바탕 소란을 피운 게 겨우 일주일쯤 전이라서 나도 왕성에 오기 부끄러웠다고.

자료는 왕성 지하에 있는 듯했다.
나는 패트릭에게 지탱받으며 부자유스러운 좌반신을 질질 끌듯이 걸었다. 혼자서라도 통통 뛰어다니면 되지만 왕성이니까 자중했다. 나도 분별력이 있어서 엄숙한 곳에서는 돌발적인 행동을 삼간다고. 레벨 업 경은 잊어 줘.

왕성 지하에 있는 서고까지 왔다. 마도구가 비춰서인지 밝지만 지하 특유의 서늘한 공기가 감돌았다.
로널드 씨가 "그 방으로."라고 말하자 관리인이 안쪽 문으로 향하며 목에 걸린 열쇠를 들었다. 관리인이 그 열쇠로 문을 열더니 자기가 대기하던 장소로 돌아갔다.
어라, 여기까지구나. 우리가 찾는 자료가 어디에 있는지 물어보려고 했는데.
눈으로 관리인의 등을 좇는데 로널드 씨가 말했다.
"저 사람은 열쇠는 가지고 있어도 안에 들어갈 수는 없게 돼 있어. 건국에 관한 역사는 그만큼 기밀이거든."
"어, 봐도 되는 건가요? 제거되진 않겠죠?"
"너희는 보통 사람이라면 제거될 정도로 중요한 사실을 이미 알잖아……."

우리는 마왕의 진실을 알고, 힐로즈 전 공작이 여전히 살아 있다는 것도 안다.
너무 아는 게 많다면서 제거당해도 위화감이 없을 만큼 정보통이 되고 말았다.

나를 제거할 수 있는 수단이 있다면 과연 실행할까 하는 생각을 하며 비밀의 방에 침입했다.
"작네요."
정말 작은 방이었다. 열두 평 남짓한 방의 세 면에 책장이 늘어서서 실질 면적은 아홉 평 정도였다. 기밀 정보의 양이 겨우 이것밖에 안 돼?
책등이 깨끗한 책이 가득했다. 모든 책이 너무나도 깨끗하고 얼룩도 없고 무늬도 없고 글자도 없고…… 휑한 책등이 줄지어 있는 광경을 보고 무척 위화감이 들었다.
신기한 광경에 압도된 우리에게 로널드 씨가 입을 열었다.
"왜 이렇게 되어 있는지 알겠어?"
"일부러 찾기 힘들게 해서 침입자가 목표물을 찾아내지 못하게 하려는 건가요? 끝에서부터 책을 열어서 확인하는 수밖에 없잖아요."
"보통은 그렇게 생각하지. 책장에 의식이 집중돼서 책의 내용을 확인하려고 애쓰느라 설마 발밑에 장치가 있는 줄은 꿈에도 모르거든."
발밑? 서 있는 곳의 바닥을 확인해 보니…… 어라? 오른쪽

바닥에 구멍이 뚫려 있네?

로널드 씨는 열쇠를 꺼내 그 구멍에 꽂고 돌렸다. 하지만 아무 일도 일어나지 않았다.

어라? 여기서 더 밑에 숨겨진 방이 있는 게 아니었어? 그러자 패트릭이 바닥을 쿵쿵 밟아 보더니 말했다.

"소리의 울림이 둔하군요. 이 밑에 공간이 있나요?"

"그래. 만일 이 열쇠 구멍을 발견해도 비밀은 지하에 있다고 생각해서 열심히 바닥의 구멍을 파내려고 할지도 모르지."

로널드 씨는 가상의 침입자와 같은 생각에 도달한 우리를 보고 웃었다.

일단 책장에 의식을 쏠리게 하고 다음으로 바닥에 의식을 쏠리게 하고…… 진짜는 어디에 있을까.

아니면 위에 있을까 하고 천장을 올려다보는 나를 보고 로널드 씨가 짓궂게 웃었다.

"바닥 열쇠는 이곳과 연동돼 있어."

로널드 씨는 그렇게 말하며 안쪽 책장을 양손으로 당겼다.

……그러나 움직이지 않았다.

책장이 숨겨진 미닫이문인 줄 알았는데 그렇게 단순한 구조는 아닌 모양이다. 로널드 씨는 책장과 씨름하며 숨겨진 방의 전모를 설명했다.

"이 책장…… 큭! 뒤쪽에…… 흡! 미안, 누가 좀 도와줘."

그냥 근력이 부족한 모양이다.

좌반신이 움직이지 않는 나와 그걸 지탱하는 패트릭은 곧장 움직일 수 없어서 제일 먼저 앞으로 뛰쳐나온 사람은 엘레노라였다.

마당에 자란 거대한 순무를 뽑는 '커다란 순무' 라는 동화에서 할아버지 다음으로 할머니와 개는 어디 가고 쥐가 등장한 것만큼이나 못 미더웠다.

"저한테 맡기세요!"

"하나 둘 하고 신호할 테니까……."

"알겠어요. 에잇!"

"잠깐. 방금 하나 둘이라고 한 건, 설명하려던……."

"에잇!"

"됐어, 그냥 하자. 흡!"

나약한 남매는 남매답지 않게 형편없는 팀워크로 책장에 도전했다.

왕국의 비밀 방과 대면했다. 어둠 속에서 제일 먼저 내 시선을 빼앗은 것은 인어 미라였다.

인어 미라다. 상반신이 원숭이 같이 생겼고 하반신이 물고기니 무조건 인어다.

잔뜩 녹슨 검, 낡은 목간, 누렇게 변색된 종이 다발 등등 그 외에도 이것저것 많았지만 인어 미라가 너무 충격적이었던 탓에 전혀 머리에 들어오지 않았다.

말린 인어가 담긴 범상치 않은 유리 케이스는 방 한구석에서 먼지를 뒤집어썼다. 그런데도 이렇게 존재감을 내뿜다니…….

충격! 역시 정부는 미확인 생물체의 존재를 감추고 있었다!

하지만 마물이 있는 판타지 세계라서 미확인 생물체의 고마움이 덜하다고 해야 하나…… 그다지 신기하지 않을지도. 인어 미라는 별것 아님을 깨달은 나는 바로 흥미를 잃었으나, 어째선지 패트릭이 과잉 반응을 보였다.

"뭐지 저건……?"

"바다에 있는 마물 아니야?"

"마물이 아냐. 마물은 사체가 남지 않아."

패트릭 말대로 마물의 사체는 바로 사라진다.

백 퍼센트가 마력으로 구성된 유사 생물이기 때문에 활동이 정지함과 동시에 마력으로 돌아가 증발하듯이 사라진다. 남는 건 마석뿐. 그래서 마물 박제나 마물의 발톱으로 된 무기 같은 건 만들 수 없다.

그럼 저 인어는 마물이 아니라 동물인가? 저런 외형이지만 포유류나 어류처럼 생물학으로 설명되는 생물인가?

충격! 역시 정부는 미확인 생물체의 존재를 감추고 있었다!

오늘로 두 번째. 아마 미확인 생물체뿐만 아니라 미확인 비행물체까지 비밀로 했을지도 모른다.

괜찮을까. 우리 제거당하는 건 아니겠지.

터무니없는 것을 봐 버렸는데 무사히 돌아갈 수 있을까 싶어서 로널드 씨를 힐끔 확인하자 미안하다는 듯이 말했다.

"그게, 한창 흥분해했는데 미안하지만 저건 가짜야. 그냥 원숭이와 물고기의 뼈를 문외한이 이어붙인 것뿐이야."

그럼 왜 지하실에 소중히 보관된 건데?!

난 안 속아. 음모를 파헤쳐 주마.

혼자서 씩씩대는데, 겁도 없이 인어 케이스로 다가간 패트릭이 말했다.

"원숭이 부분과 물고기 부분의 뼈 상태가 많이 달라."

"어, 진짜?"

"봐, 여기."

진짜네. 위화감만 드는 인어의 허리를 관찰할수록 완성도 낮은 가짜임이 느껴졌다.

아아~ 재미없는 세계네. 하지만 난 우주인이 있다고 믿어.

왜 이런 걸 모시고 있는지 묻기 전에 로널드 씨가 알려주었다.

"옛날에 높으신 분이 만들었다나 봐. 어디 공표할 수도 없고 차마 버릴 수도 없잖아."

그렇게 시간이 남아돌던 나라의 높으신 분이 대체 누구야. 그 사람도 아마 버려도 된다고 생각했을걸.

어차피 어린 시절에 만든 거겠지. 초등학생의 공작품이 몇백 년이나 고향의 벽장에 들어있는 것 같은 상황이 아닐까.

한층 눈길을 끄는 인어 미라였지만 중요도는 몹시 낮았다.

원래 목적으로 돌아가기 위해 한 번 더 숨겨진 방을 둘러봤다.

금서고라고도 할 수 있는 이곳은 실제로 들어오자 거대한 방이라는 게 느껴졌다.

세월이 느껴지는 목간, 정성스레 엮인 서류 다발, 사슬이 감긴 금속제 상자 등등……. 역사적으로 귀중한 것부터 바깥 세계로 내보내서는 안 되는 것까지 있었다. 터무니없는 곳에 와 버렸음을 재차 실감했다.

"정말 이런 곳을 보여줘도 되는 거예요?"

"아무에게도 말하지 않을 테니까 괜찮아."

확실히 나는 비밀을 알아도 남에게 떠벌리거나 실수로 내뱉지 않는다. 그건 패트릭도 마찬가지고 이 자리에는 입이 무거운 인물밖에…….

"우와~. 낡은 물건이 잔뜩 있어!"

괜찮을까. 가장 데려와서는 안 되는 사람이 있는데.

불안해져서 위험인물의 오라버니에게 눈빛으로 물어보았다.

"괜찮을까. 가장 데려와서는 안 되는 사람이 있는데."

오라버니도 여동생에게 나와 같은 생각을 하고 있었다.

그런 위험인물은 혼자서 방을 거침없이 탐색하며 그 위험성을 유감없이 발휘했다. 그만둬. 봐선 안 되는 걸 보고 기억이 삭제될지도 몰라. 번쩍 빛나는 펜 같은 걸 볼지도 모른다고.

엘레노라의 흥미를 끌 만한 건 없을 텐데도 이상할 만큼 적극적으로 이곳저곳을 물색하기 시작했다.

"어디서 멋진 향이 나. 이건…… 저녁노을이 진 사막 같아."

엘레노라는 누구에게랄 것도 없이 혼자 중얼거리며 코를 킁킁거렸다.

듣고 보니 꽃을 무언가로 감싼 듯한 향기가 희미하게 감돌았다. 저녁노을이 진 사막을 연상할 이유는 전혀 없었다. 그보다 그게 무슨 냄샌데?

로널드 씨도 코를 실룩여 보았지만 고개를 갸웃거렸다. 패트릭은 알아차린 듯했다.

"둘 다 알겠어? 그런 향기가 나?"

"꽃향기는 나요. 사막 같은지는…… 패트릭은 알겠어?"

"아니, 향수의 향 같긴 한데 정체까지는 모르겠어."

나와 패트릭은 레벨이 높아지면서 강화된 오감으로 향기를 인식할 수 있었다. 그런 것 없이도 냄새를 감지한 엘레노라가 대단하다.

엘레노라는 희미한 향기의 근원지를 찾아 더욱더 안쪽으로 나아갔다.

"역시 이건…… 하지만 이런 향기는……."

엘레노라가 도달한 곳은 방의 가장 안쪽이었다.

물색해도 되는지 걱정하고 있는데, 로널드 씨가 말했다.

"건국에 관한, 다시 말해 초대 국왕의 자료는 마침 이 주변에 모여 있어."

향수 탐지견 엘레노라는 훌륭하게 목표하던 자료의 위치를 밝혀냈다. 우연이겠지만 잘했다. 그리고 엘레노라는 마침내 냄새의 근원을 찾아냈다.

"이 수첩이야! 여기에서 향기가 나."

엘레노라가 검은 수첩을 높이 치켜들었다. 건국 전후의 골동품일 텐데 그다지 세월은 느껴지지 않았다.

나는 수첩에 관해 질문했지만 로널드 씨는 의아한 얼굴로 입가에 손을 댈 뿐이었다.

"저 수첩은 누구 건가요?"

"목록에 없는 물건이 섞여 들어올 리도 없고…… 침입자가 두고 갔나? 그럴 리가 없지. 그럼 저건 대체……."

어, 정체불명의 물건을 찾아 낸 거야?

엘레노라의 손이 닿는 곳에 있던 물건이 지금까지 발견되지 않은 채 숨겨져 있으리라고는 생각하기 힘들고…… 이상하네.

안을 읽어 보면 여러 가지를 알 수 있을지도 모르지만 엘레노라는 향기에만 흥미가 있는 듯했다. 수첩에 코를 가져다 대고 숨을 한껏 들이쉬더니 행복해 보이는 표정을 지었다.

"아아아아아…… 멋진 향기야."

엘레노라가 좋은 향기 마니아란 건 알지만 이렇게까지 해롱거리는 모습은 보기 드문데.

뭔가 위험한 성분이라도 들어 있는 건 아니겠지? 범죄의 냄새가 난다.

"이게 무슨 향기일까요?"

"끝난 줄 알았지만 이미 시작돼 있었던 듯한 신비로움이 있고 저녁노을이 진 사막 같은 쓸쓸함이 있고 마음껏 시간을 보낼 수 있는 기쁨이 있고……."

"아, 예."

"그리고 무엇보다 이건 진짜의 향기가 나."

"그러시군요."

"마침내…… 마침내 진짜를 만들어 낸 거구나."

엘레노라는 너무 감동한 나머지 눈물을 뚝뚝 흘렸다.

저기, 어느 원산지의 꽃이 사용됐다든가 어디서 채집할 수 있는 향료가 들었다든가 하는, 대상을 좁힐 수 있는 정보가 알고 싶었던 건데요…….

감성이 너무 풍부해서 이해 못하겠으니 냄새의 정체를 파헤치는 것은 포기하자.

눈물을 흘리는 엘레노라에게 수첩을 받아 바로 안을 살폈다.

그곳에는 동글동글한 글씨체로 이렇게 쓰여 있었다.

'역시 저 녀석, 완전 짜증 나! 그 애는 오랜만에 만났더니 반쪽이 되어 있어서 깜짝 놀랐어!!!'

맙소사. 엘레노라의 감상만큼이나 무슨 뜻인지 모르겠다.

내용을 알면 수첩의 정체를 알아낼 수 있을까 싶어 로널드 씨에게 보여주었으나 더 곤혹스러워지기만 할 뿐이었다.

"이런 물건이…… 있었다면 기억했을 텐데."

수수께끼가 수수께끼를 부르는군.

갑자기 중간을 펼쳐서 무슨 뜻인지 몰랐던 걸 수도 있다. 수첩을 넘겨서 첫 페이지를 확인했다.

'오늘부터 하루하루를 보내며 생각한 점과 느낀 점을 메모하려고 해. 멋진 하루를 보내자!'

일기라 할지 메모인 것 같았다.

동글동글하고 귀여운 글씨체를 보아하니 주인은 여자겠지.

페이지를 넘기며 대충 훑어보았다.

'오늘은 일이 힘들었어. 피곤해~ 힐링이 필요하다멍!'

'존경하는 상사와 좋아하는 사람이 사이가 좋아 보여서 기분이 이상해.'

'좋아하는 사람에게 '이상한 데에서 소녀 감성 같다' 는 말을 들었어! 이건 청신호……인가?'

'좌천됐어. 절대로 용서 못 해, 흥!'

'숨겨진 능력에 눈떴는지도 몰라……. 이걸로 상사에게 복수할 거야!'

'정신 차리니 처음 보는 곳에 있어. 여긴 어디지? 외로워~.'

'역시 저 녀석 완전 짜증 나! 그 애는 오랜만에 만났더니 반쪽이 되어 있어서 깜짝 놀랐어!!!'

아, 최신 부분까지 와 버렸네.

한번 훑어본 결과 연애 관련 얘기가 80퍼센트고 나머지는 상사에게 불평하는 내용이 대부분이었다.

전혀 궁금하지 않은 내용뿐이고, 숨겨진 능력이 어쩌고 하는 부분은 망상이 들어간 느낌이고…… 진짜 뭐야 이거?

5장 히든 보스(좌), 마왕의 진실을 알다

마왕과 용사와 나. 용사는 마왕을 봉인했고, 나는 마왕을 죽였다.

줄곧 피해자였던 마왕을 중심으로 인연이 있는 세 사람이 노을의 나라에서 마주쳤다.

"지금 두 분이 어떤 사정인지는 잘 모르지만, 저는 당신 편을 들겠어요."

용사 전설의 비밀을 아는 나는 마왕의 편을 들고 싶다.

현세에서 교섭이 결렬된 건 마왕이 발샤인 왕국을 멸망시키려 했기 때문이다. 더는 실현 불가능한 야망이니 지금은 신경 쓰지 않아도 된다…… 되겠지? 마왕도 용사처럼 되살아나려고 하는 걸지도?

나는 마왕 옆에 서며 곁눈질로 물었다.

"당신의 지금 목적은 뭐죠?"

"저 녀석의 되살아나겠다는 헛소리를 저지하는 것."

"자기가 소생하겠다는 의사는 없나요?"

"고행밖에 없는 세계로 돌아가고 싶은 마음은 없다."

오, 세계정세가 혼란스러울 때 유행하는 종교 같은 사고방식이군. 하지만 괜찮을까? 노을의 나라는 천국이나 극락정토라고 보긴 힘든데.

마왕의 속마음은 둘째 치고 되살아날 의사가 없다는 것에는 안심했다. 거리낌 없이 마왕 편을 들 수 있겠어.

검은 갑옷을 입은 마왕은 의아한 표정으로 날 보았다.

"본좌 옆에 설 셈인가?"

"용사와 함께 되살아나려고 했지만, 저런 사람은 신뢰할 수 없으니까요."

왕처럼 생긴 외모에 속았지만 용사는 발샤인의 초대 국왕이었다. 충신을 쉽게 배신하는 사람은 신뢰할 수 없다. 함께 행동하며 현세로 가는 길을 찾는 것도, 용사가 되살아나게 두는 것도 도저히 용납할 수 없다.

마왕은 동료를 얻고 나서도 나 못지않게 무표정한 얼굴을 유지하고 적을 주시했다.

"그래. 확실히 겉모습이 왕 같은 저놈은 신뢰할 수 없지."

"참고로 뭐라고 부르면 될까요? 이름으로 부르는 편이……."

"마왕이라고 불러라. 저 녀석이 용사를 자칭하니 그에 응해야 하지 않겠나."

나는 마왕이 죽기 직전에 그의 이름을 들었다. 모처럼이니 불러 볼까 했는데 저지당하고 말았다.

딱히 용사에게 대항할 필요는 없는데. 뭣하면 용사도 이름으로 부를 수 있다고. 일단은 나도 왕국의 귀족이니 초대 국왕의 이름 정도는 안다. 아, 하지만 길단 말이지. 그럼 그냥 용사랑 마왕으로 부르자.

마왕은 내가 죽은 원인이나 좌반신에 관해서는 일절 묻지 않고 뚱한 태도로 용사를 노려보았다. 그리고 시선은 그대로 둔 채 검은 수첩을 꺼내 뭔가를 슥슥 써넣었다.

수첩을 안 보는데 제대로 쓰고 있으려나. 무슨 내용을 쓰는지 너무 궁금했던 난 슬쩍 마왕 옆으로 다가가 수첩을 훔쳐보려고 했다. 그러나 그 직전에 수첩이 닫히고 말았다.

그저 메모 작성이 끝났을 뿐이고 눈치챈 기색은 없었다.

그리고 마왕은 코를 킁킁대며 말했다.

"이 향기는……?"

"향기……? 앗, 혹시 향수 말인가요?"

"좋은 걸 가지고 있군."

조금밖에 안 뿌렸는데 마왕이 알아차려서 놀랐다.

마왕은 꽃이나 향수 같은 데엔 관심 없는 유미엘라 같은 사람으로 보였는데 의외다. 나는 고양이 귀 아저씨, 아니 네람 씨에게 받은 향수를 꺼내 마왕에게 건넸다.

"호오, 이건가…… 살짝 뿌려 봐도 되나?"

"그럼요, 그럼요."

마왕은 자신의 검은 수첩에 향수를 뿌리고 향기를 느꼈다. "좋군." 하고 중얼거린 마왕은 수첩을 펼친 채로 눈을 감았다.

이 틈에 안에 쓴 문장을 훔쳐보자.

'역시 저 녀석 완전 짜증 나! 그 애는 오랜만에 만났더니 반

쪽이 되어 있어서 깜짝 놀랐어!!!'

……못 본 걸로 하자.

향수병을 돌려받으며 서둘러 기억을 지웠다.

지금 상황에 집중하자. 마왕이 아군이라고는 하지만 상대는 용사. 좌반신만으로는 고전할지도 모른다.

용사는 배신하는 꼴이 된 나를 보고 곤란하게 됐다며 웃었다.

"왜지? 넌 되살아나고 싶은 거 아니었어?"

"두 분의 사정을 알거든요. 배신한 뒤 몇백 년이나 봉인해 놓고…… 자각은 있겠죠!"

나는 마치 성인(聖人)처럼 행동하는 용사의 본성을 안다. 왕국을 부흥시킨 후 쓸모가 없어진 마왕을 좌천시킨 다음 악평까지 퍼뜨리더니 끝내 군사를 일으켜 봉인했지. 정말 너무하잖아!

내가 삿대질을 하자 용사는 연기하듯이 슬픈 표정을 지었다.

"현세에서 마왕과 면식이 있었다면 알고 있겠구나. 책임은 나에게 있어, 인정할게. 하지만 나도 그러고 싶지는……."

마왕의 노성이 변명하려는 용사의 말을 가로막았다.

"닥쳐라! 네 변명은 듣고 싶지 않다."

"몇 번이나 말했잖아?! 넌 일시적으로 수도에서 떨어져 있는 편이 좋았다고. 전란 시에 너를 향한 공포가 생겼던 것도 시간이 해결해 줬을 거야."

용사는 그럴듯한 이유를 늘어놓았지만 그런 건 나중에 얼마든지 덧붙일 수 있다. 용사가 발뺌할 수 없는 마왕을 봉인한 이유를 물었다.
"봉인한 이유가 뭐죠?"
"마왕을 기점으로 마물이 흘러넘치게 된 이상 국왕으로서 대처에 나설 수밖에 없었어."
어라……? 듣고 보니 그렇네.
오해와 착각 때문에 마왕이 멋대로 마왕이 돼서 어쩔 수 없이 봉인했다. 확증은 없지만 앞뒤는 대충 맞는 것 같은데?

아, 하지만 그게 있었지. 초대 국왕의 왕비님은 원래 마왕과 연인 사이였다고 마왕성에서 들었거든! 그럼에도 마왕은 두 사람이 행복하기를 바라며 물러섰지. 정말 너무해!
"왕비님! 성녀라 불린 그 사람 말이에요! 누군지 알죠?!"
내가 다시 한번 삿대질을 하자 용사는 어리둥절한 표정으로 대답했다.
"그 사람은 갑자기 왜?"
"뻔뻔하기는. 남의 사랑을 빼앗았으면 원망받을 각오도 했어야죠."
"내가 누구를 누구한테서 약탈했다는 거야?"
"이 사람한테서요! 이 사람과 왕비 사이를 갈라놓았다는 거 다 알거든요!"
이건 발뺌할 수 없겠지. 마왕도 분노의 오라를 발산했다.
어떻게 발뺌할까 싶어 용사를 노려보자, 용사는 고개를 갸웃거리며 말했다.

“아니, 두 사람은 사귄 적조차 없을 텐데?”

엥.

아냐, 속으면 안 돼. 마왕과 성녀는 사귀는 사이였고 나중에 용사가 성녀를 빼앗았어. 마왕한테서 분명히 들었다고.

용사가 완전히 반대되는 말을 하자 가장 격노한 사람은 마왕이었다.

“시치미 떼지 마라! 우리는 연인 사이였다!”

“네가 그 사람을 좋아한다는 건 알았지만…… 그 사람은 널 계속 기분 나빠했잖아.”

마왕은 할 말을 잃었다.

말이 너무 심하잖아. 이렇게 없는 사실을 퍼뜨려서 주위 인간관계를 엉망진창으로 만들 셈이구나, 용서 못해.

분개한 나는 반론하려고 했지만 마왕에게 제지당했다.

“이제 와서 추궁해 봤자 소용없다. 아아…… 이 검은 머리와 눈동자만 없었더라면…….”

“마왕님…….”

으. 이 세계는 검은 머리인 사람에게 왜 이렇게 신랄한 거야.

역시 용사도 검은 머리 차별에 완전히 물들어 있구나. 유일한 이해자였던 성녀의 마음을 멋대로 대변해 마왕에게서 멀리 떨어뜨린 게 틀림없어.

불쌍한 마왕. 반드시 마지막까지 편들어 주겠어.

검은 머리 연합을 바라보던 용사는 그런 게 아니라며 고개를 저었다.

"아니, 검은 머리인 건 상관없고 행동을 기분 나빠했어."
어? 행동?
"예를 들면, 그렇지……."
용사는 옛날에 있었던 어느 사건을 이야기했다.
어느 날 아침, 잠에서 깬 성녀. 커튼을 열고 아침 햇볕을 쬐던 성녀는 창문에서 손이 닿을 듯한 나뭇가지에 편지가 묶여 있는 것을 발견했다. 뭘까 싶어서 확인하니 발신인을 알 수 없는 러브레터였다. 받아들이든 거절하든 답장을 할 수 없어서 곤란해졌다.
다음 날 아침, 또 나뭇가지에 편지가 한 통.
"다음 날에도 가지에 편지가 묶여 있었지."
멋진 이야기잖아.
스포일러일지도 모르지만 나는 마왕에게 확인했다.
"그 편지를 쓴 사람은……."
"아아, 본좌다. 그립군."
역시. 로맨틱하네.
용사의 옛날이야기는 계속됐다.
"로맨틱한 편지 전달 방법이긴 하지만 그게 3일이나 계속되면 무서워지는 법이야. 성녀는 한동안 방의 커튼을 닫은 채로 지냈지."
어라, 상황이 이상해지기 시작했는데?
"며칠 후, 편지 사건을 깨끗이 잊은 성녀는 버릇처럼 커튼을 활짝 열었어. 그곳에는 편지가 빈틈없이 다닥다닥 묶인 나뭇

가지가…….”

“헉!”

나도 모르게 비명이 나오고 말았다. 비밀스러운 사랑 이야긴 줄 알았는데 진짜로 있었던 무서운 이야기였잖아.

침실 창문에서 보이는 풍경이 신사의 점괘를 묶어 놓는 줄처럼 변한 걸 상상하니…… 무척 기분 나쁜걸.

거짓말이지? 마왕님은 그런 소름 끼치는 짓 안 하지? 편지가 방치되어 있는데도 불구하고 매일 아침마다 나무에 올라 신선한 러브레터를 배달하는 그런 사람이 아니지?

마왕은 곧바로 반론했다.

“그게 어디가 기분 나쁘다는 거냐!”

그랬다는 건 사실이구나…….

그런데 잠깐만. 나는 소름 끼친다고 여겼지만 성녀가 어떻게 느꼈을지는 모르잖아. 내 한 줄기 희망은 용사의 다음 말에 산산조각이 났다.

“무서워한 성녀는 울면서 내 방으로 왔어.”

아, 무서울 때는 마왕이 아니라 용사한테 가는구나.

불쌍한 마왕. 완전히 입을 다문 마왕을 대신해서 내가 반론했다.

“사소한 오해로 일어날 법한 그런 에피소드 하나로는 납득할 수 없어요.”

“이외에도 있어.”

잠깐, 더는 듣고 싶지 않은데.

듣고 싶지 않지만 노력하자. 마왕이 무슨 짓을 했든 나만은 편을 들어 주자.

"마왕이 하루에 몇 번이나 우연을 가장해서 성녀와 부딪히려 하거나."

"윽!"

"성녀가 방으로 돌아갔더니 방 전체가 빨간 장미로 가득 차 있거나."

"기분 나빠!"

나도 모르게 말해 버렸다.

아차 싶어 마왕을 보자 마왕은 놀라서 내 얼굴을 바라보았다.

앗, 하지만 패트릭이 깜짝 이벤트를 여는 장면을 상상했더니 전혀 기분 나쁘지 않은걸. 기쁨에 더 가까울지도 몰라. 좋아, 이걸로 진심 어린 옹호를 할 수 있겠어.

"빨간 장미는 기쁜데요. 좋아하는 사람한테 그런 선물을 받으면 당연히 기쁘죠!"

"그렇겠지…… 그럼 왜 기분 나쁘다고 한 거지?"

"그, 그건……. 처음에 저도 모르게 그렇게 말한 건 별로 안 친한 사람이 갑자기 그러는 걸 상상해서…… 앗."

별로 안 친한 사람이 갑자기…… 그래서 성녀가 마왕을 기분 나빠했구나.

마왕은 거기까지는 눈치채지 못한 듯해서 얼버무리려고 머리를 굴렸으나 그 전에 용사가 먼저 입을 열었다.

"맞아. 그다지 친하지도 않은데 갑자기 공들인 선물을 하니까 부담스러워서 기분 나쁘게 여긴 거야."

마왕의 무표정은 무너지지 않았지만 눈이 약간 글썽이는 듯한 건 기분 탓이 아닐 테지.

그렇구나. 마왕은 사랑을 방해받은 것도 부당한 이유로 봉인된 것도 아니었구나…….

나는 슬금슬금 용사 쪽으로 가서 천천히 뒤를 돌았다.

마왕이 믿기지 않는다는 눈빛으로 나를 쳐다보았다.

"네놈도 배신하는 거냐……?"

네놈 '도'? 내가 한 짓은 틀림없는 배신이지만 그 외에는 검토가 필요하겠군.

"스토……."

"스토?"

스토커 편을 들고 싶지는 않다고 말하려 했는데 더 이상 마왕의 마음을 산산조각 내긴 싫은걸. 차라리 이기적인 이유로 배신하는 게 마왕에게 더 낫지 않을까?

"그러니까…… 아, 이쪽에 붙으면 되살아날 수 있을 것 같아서요."

"저런 왕처럼 생긴 기분 나쁜 놈이 하는 말은 듣지 마라."

"나를 그렇게 생각했던 거야? 충격이네."

"애초에 누구냐, 네놈은!"

네놈은 누구냐니……. 아무리 부끄러운 과거를 폭로당했다지만 그 반론은 너무 억지스럽잖아.

그러나 뚱딴지같은 트집을 잡힌 용사는 당연하다는 듯이 고개를 끄덕였다.

"그러게."

"외모도 말투도 전혀 다르지 않나!"

"하지만 이러는 편이 더 국왕님답잖아?"

6장 히든 보스(우), 용사의 자료를 조사하다

왕도 발샤인, 왕성 지하.

지금은 죽은 내 좌반신이 있는 노을의 나라에는 초대 국왕이 눌러앉은 모양이다. 왼쪽 유미엘라 구출 작전에 조금이라도 진전이 있을까 싶어 왕국의 금서고에 오게 되었다.

다시 한번 내용을 확인해도 검은 수첩의 정체는 알 수 없었다.

애초에 존재한 기록이 없는 물건이라 필자도 연대도 불분명했다. 섞여 들어왔다는 게 타당하지만 출처도 침입 경로도 오리무중이었다.

내용을 읽어도 젊은 여자가 쓴 것 같다는 점밖에 추리할 수 없었다.

우리는 그저 고개만 갸웃할 뿐이었다. 엘레노라만은 열심히 정독했지만.

"너무 공감돼! 이분의 연애는 어떻게 끝났을까……."

필자는 짝사랑으로 속앓이를 한 듯하니 이루어질 수 없는 짝사랑의 프로가 공감할 만하다.

로널드 씨가 나중에 다시 물건 목록을 면밀히 확인하겠다며 수첩을 맡았다.

정체 모를 물건을 발견한 탓에 살짝 딴 길로 샜지만 이제 원래 목적을 이룰 수 있겠군.

초대 국왕은 난전 시대에 발샤인 왕국을 세우고 세계에 평화를 가져온 명군……이라고 알려져 있지만 실제 인품은 모른다. 초대 국왕에 관해 쓰여 있는 자료가 없는지 물어보자 로널드 씨는 조심스럽게 종이 다발을 꺼냈다.

"이걸로 초대 폐하의 인품을 알 수 있을 거야."

장갑을 낀 패트릭이 여러 세월을 거쳐 누렇게 변색된 종이를 받아들었다.

좌반신이 안 움직이는 나는 패트릭이 넘긴 종이를 눈으로 훑었다. 휘갈겨 쓰긴 했지만 읽기 쉬운 글씨체로 적힌 그것은…….

"일기, 인가요……?"

"맞아. 초대 폐하의 측근이 기록한 건데 처음 봤을 때는 나도 충격받았어."

"그렇게 차이가 심한가요?"

"응, 초대 폐하는 이미지보다 훨씬…… 나쁜 사람이었어."

○월 ×일

전부터 나쁘다고는 생각했지만, 왕은 정말 풍채가 나쁘다.

어제는 곳곳에서 벌어지던 전투가 일단락되어 이제 차분하게 내정에 집중할 수 있겠다고 썼으나, 가장 큰 적은 내부에 있다는 말은 바로 이럴 때 쓰라고 있는 말이 아닐까.

오늘 오후, 무장 집단이 소동을 벌이고 있다는 급보가 들어왔다.

도적이라고 해도 두고 볼 수는 없고, 적병의 잔당일 수도 있었다. 그곳은 마침 잔존 부대가 숨었을지도 모른다며 왕이 수하 몇 명만을 이끌고 향한 곳이었다.

정규 전투에서 승리해 놓고 우발적인 전투에서 왕이 목숨을 잃어서는 안 된다.

부사관에게 보고하자 그는 곧바로 선발 부대를 이끌고 뛰쳐나갔다.

적 부대의 규모에 따라서는 후발 부대가 필요할 수도 있다.

부대를 편성하려고 뛰어다니는데, 왕이 부사관에게 붙잡혀 돌아왔다.

주군의 무사함을 기뻐한 것도 잠시. 신고받았던 무장 집단은 놀랍게도 왕의 일파였다고 한다.

왕은 신고자가 괘씸하다며 분개한 모양이나 착각한 국민을 나무랄 마음은 들지 않았다. 질서정연한 부사관의 부대에 잡혀서 끌려오는 국왕은 정규군에 연행되는 도적으로만 보였기 때문이다.

덥수룩한 수염에 기동성을 중시한 간소한 갑옷, 절단에 특화된 손도끼같이 생긴 검, 고함치는 듯한 말투에 크하하 하는 호쾌한 웃음소리.

어디를 봐도 대국의 주인이 된 인물이라고는 느껴지지 않는다. 도적이나 용병, 끽해 봤자 야만족 족장 정도로 보인다.

우리의 왕이지만 참으로 한심하다.

부사관에게 쓸데없는 고생을 했다고 위로하자, 그는 왕이 무사해서 다행이라며 아주 살짝 표정을 누그러뜨렸다. 이렇게까지 충직한 부사관이 어째서 냉혹하고 무자비하다고 여겨지는지 나는 납득할 수 없다.

□ 월 △ 일

전부터 나쁘다고는 생각했지만, 왕은 정말 머리가 나쁘다.

오랜 교섭이 마침내 결실을 맺어 드디어 내일 애시버튼 공과의 직접 대담이 실현된다.

발샤인 왕국의 미래는 내일의 성과에 크게 좌우되리라는 것은 누가 봐도 명백하다……. 그러나 왕은 아무것도 몰랐다.

애시버튼은 파죽지세로 영지를 확대한 발샤인 왕국을 몹시 경계한다. 물론 모든 토지가 성채로, 모든 국민이 병사로 변할 수 있는 그 땅을 공격할 심산은 없었다.

이대로 가다간 서로 눈싸움만 하며 불가침을 유지할 것이다. 그것도 평화의 한 형태이긴 하나 불안함도 크다.
차대 애시버튼 공이 자기 영지에만 틀어박혀 있을 거라는 확증도 없거니와 우리 쪽에서 애시버튼을 타도하자는 목소리가 커질 우려도 있다.
그렇기에 애시버튼 공과 연결고리를 만드는 게 급선무였다.

최소한 우호국으로서 동맹이라도 맺고 싶다. 이상을 말하자면 발샤인 왕국의 산하로 들어와 주길 바란다.
국경선의 방비를 고려하면 이쪽이 고개를 숙이고 세금이나 물자를 우대하는 조치를 취해서라도 애시버튼을 우리 왕국의 일부로 만들어야 할 만큼 이점이 크다.
……이러한 내용을 설명했으나 잘 전달되지 않았다.
"난 멍청해서 잘 모르겠는데 말야, 그냥 평소처럼 쳐들어가면 되는 거 아냐?"
이게 우리 국왕 폐하께서 하신 말씀이다. 그 애시버튼 공을 지천에 널린 호족과 동일시하는 걸 보면 정말로 멍청해서 모르는 모양이다.

내일 회담 준비로 바쁜 와중에도 공을 들여 인형을 이용해 1인 2역의 대화 형식으로까지 설명했다.
"애시버튼이라고? 평소처럼 쳐들어가면 되잖아."
"아니. 안 되는 이유가 네 개 있으니 순서대로 설명해 주지."

"들려줘, 들려줘."

이런 식으로 간결하고 친절하게 천천히 설명했으나 왕이 이해한 기색이 안 보였다.

내일이 불안해서 견딜 수가 없다.

□월 ◇일

전부터 나쁘다고는 생각했지만, 왕은 정말 태도가 나쁘다.

드디어 회담 당일. 어제의 불안함은 보기 좋게 적중했다.

애시버튼 공이 거처하는 성은 간소함과 건실함을 형태화한 듯한 곳이었다. 거주성 따위는 안중에 없고 얼마나 적을 잘 물리칠 수 있을지만을 고려한 성이었다.

침입자에 대한 대비도 만전을 기했을 것이다. 회담이 파산되면 우리의 목숨은 없을지도 모른다.

그런 위험 지대에 왕 본인이 들어섬으로써 이쪽의 성의를 보이고 신뢰를 얻을 심산이었다.

……그러나 왕을 데려오지 말아야 했다. 왕이 없으면 애시버튼 공에게 안 좋은 인상을 주겠지만 저 바보는 없는 편이 낫다.

손님으로 어디까지나 정중하게 취급해 주신 애시버튼 공에 비해 왕의 태도는 무지막지하게 나빴다.

애시버튼 공에게 시종일관 의심하는 눈빛을 보내며 '강하다는 건 거짓말 아닌가?' 라는 취지의 발언을 반복했다.

내가 어제 애시버튼 공의 대단함을 실컷 설명한 탓에 왕의 자존심에 상처를 낸 모양이다. 그렇다면 내가 원인인가 싶었지만, 설명하지 않았어도 왕은 무례한 태도를 취했을 것이다.

끝내는 "실제로 싸워 보면 진실이 명백해질 테지. 어디 해 볼 테면 해 봐라."라며 명백한 도발까지 시작하는 꼴이었다.

부사관이 수습하지 않았으면 어떻게 됐을지.

아마 일대일 승부라면 왕이 이기겠지. 개인의 무력으로 왕을 넘어서는 자가 있을 리 없다.

하지만 애시버튼 공에게는 그 실력 차이를 뒤집을 만한 위압감이 있었다. 재미있는 젊은이라고 중얼거린 애시버튼 공에게 나는 물론이고 왕과 부사관도 기세가 꺾였다.

부사관이 왕을 밖으로 데리고 나간 뒤 목숨까지 내놓을 각오로 사죄하긴 했으나…… 과연 이쪽에 적의가 없다는 게 전해졌을까.

회담은 내일 다시 하기로 했으나 우리는 당장 오늘 밤에 살해당할지도 모른다.

그럴 경우에는 이것이 내 유서가 되겠지.

하나같이 나쁜 점밖에 없는 왕이지만 진짜 악인은 아니다.

국민이 전쟁의 불길을 뒤집어쓰는 것에 마음 아파할 정도의 양심은 있지만, 그 이상으로 다혈질일 뿐이다.
사소한 다툼으로 끝날 일도 별것 아닌 도발 때문에 머리에 피가 쏠려 전면 전쟁으로 끌고 가 버린다.

그런 왕을 받들어…… 아니, 유서일지도 모르니 진심을 적자.
조금 더 제대로 된 인물을 모시고 싶었다. 우리의 왕은 여러 방면으로 너무 나쁘다.

◆ ◆ ◆

"나쁘다는 게…… 이런 거였어?"
확실히 초대 국왕은 이미지보다 더 나쁜 사람이었다. 하지만…… 그게 그런 뜻이었어?
나와 얼굴을 맞대고 측근의 수기를 읽던 패트릭도 역시나 할 말을 잃은 듯했다.
명백하게 우리가 오해하게 만든 로널드 씨는 다른 의미로 성격 나빠 보이는 미소를 지었다.
"어땠어? 나쁜 사람이었지?"
"일부러 오해하게 말한 다음 놀라는 모습을 즐길 만큼 성격이 나쁜 사람은 아니었네요."
"미안, 미안."
가면을 쓴 것처럼 싱글싱글 웃는 로널드 씨. 초대 국왕은 어느 쪽이냐 하면 로널드 씨 같은 부류의 나쁜 사람일 줄 알았다.

건국의 주역이었던 마왕을 정치력으로 좌천시켰댔는데…….
측근의 일기에 등장한 머리와 풍채와 태도가 나쁜 국왕님과 이미지가 일치하지 않았다.

제멋대로인 폭군답다고 하면 수긍이 가지만, 측근의 일기에서는 독재자 같은 느낌은 별로 나지 않았다. 이 수기를 쓴 사람은 투덜대면서도 국왕을 경애했던 게 분명하다.

그리고 맞다! 패트릭의 선조님도 등장했지. 역사를 볼 때 이후의 교섭은 잘 진행돼서 애시버튼 공은 변경백이 됐을 것이다.

"패트릭네 가문은 전투 민족이었구나."

"본론에서 벗어났어."

패트릭은 마치 '가문 일이고 옛날 일이니 저랑은 상관없습니다.' 라는 듯한 표정으로 말하는데, 개인전에 한해서는 패트릭 씨가 애시버튼 가문 사람 중 역대 최강일지도 모르거든요?

본론으로 돌아가서, 살짝 딴 길로 샌 동안 로널드 씨가 다른 자료를 준비했다.

"초대 국왕과 마왕의 불화에 관해 알고 싶다면 이걸 읽는 게 좋을 거야."

로널드 씨가 가져온 건 편지로 보이는 종이였다. 그대로 건네받아 내용을…….

"이거, 어디 문자예요?"

"우리가 평소에 사용하는 문자와 똑같아. 이건 왕이 남동생에게 보낸 편지야. 연대는 발샤인 왕국이 지금의 크기가 됐을 때 정도지."

"옛날 문자라는 건가요?"

"다소의 변화는 있지만 문자는 별로 변하지 않았어. 아까 본 일기도 문제없이 읽었잖아?"

확실히 연대로 따지면 아까 읽은 일기로부터 몇 년이 지난 시점일 것이다. 아까 그 일기는 문제없이 읽었는데 초대 국왕의 직접 쓴 편지는 전혀 읽을 수 없다니.

암호라는 뜻인가? 아니, 아니야……. 로널드 씨는 우리가 사용하는 것과 같은 문자라고 했어. 다시 말해 암호도 미지의 언어도 아니고…….

"글씨가 더러울 뿐인가요?"

"글씨체가 아주 조금 독창적일 뿐이야."

초대 국왕은 악필이었던 모양이다. 과연 이걸 전해 받은 동생분은 내용을 읽을 수 있었을까? 아, 초대 국왕의 남동생이면 힐로즈 공작 가문을 만든 사람이구나. 즉 로널드와 엘레노라 남매의 선조다.

평소에 친분이 있는 사람들이 유서 깊은 명가 출신임을 새삼스레 깨달았다. 저는 말이죠. 도르크네스 가문은 말이죠. 건국 당시에는 어딘가의 가문을 모실 뿐 귀족조차 아니었답니다.

초대 국왕과 공작의 대화니까 귀중한 정보가 잠들어 있을 것 같긴 한데 읽지 못하면 의미가 없다. 선 채로 메모장을 고정하지 않고 쓴 것처럼 지저분한 글씨라 읽을 수 있는 부분을 통해 앞뒤 내용을 유추할 수밖에 없다.

"이 부분은 알 것 같아요. 복귀되어진다……?"
"아, 여긴 복귀시킨다고 쓴 부분이야."
"시킨다? '되어진다' 라고 읽는 거 아닌가요? '되어진다' 는 아무리 휘갈겨 쓴대도 '시킨다' 가 되진 않는데요."
"맞아! 정확히는 '복귀되어진다' 라고 쓰여 있어."
혹시 글씨만 더러운 게 아니라 맞춤법까지 엉망진창인 거야? 이 종이, 찢어 버려도 되나?

겨우 중요한 내용까지 화제가 진행됐다. 로널드 씨가 말하길 지금까지도 해독을 시도해서 성공한 왕족과 왕국의 두뇌가 몇 명 있었다는 모양이다. 하지만 내용이 내용인지라 누구나 읽을 수 있는 번역판은 아무도 만들지 않았다고 한다.
원문이 있는데도 불구하고 우리는 로널드 씨의 입으로 구전으로 계승된 번역판의 설명을 들었다.

발샤인 왕국의 성립 시에 마왕은 배신자 숙청을 담당했다.
거칠고 호쾌하며 인정 넘치는 넘버 원과 냉혹해서 사람들이 두려워하는 넘버 투. 용사와 마왕 두 사람은 건국 시에는 조직의 투톱으로서 잘 기능했었다.
"초대 국왕님도 사람들이 두려워했을 것 같은데요."
내가 끼워 넣은 의문에 패트릭이 바로 대답했다.
"주위 사람들은 무표정하고 엄숙하게 일을 처리하는 마왕을 더 두려워했을 거야."

"맞는 말이야. 그럼 계속할게."

로널드 씨의 고문서 해독은 계속됐다.

군기반장 포지션으로 활약했던 마왕이었으나, 왕국이 지금의 크기가 됐을 즈음부터 사정이 변했다. 마왕은 평화로운 시대에 어울리지 않았던 것이다.

왕국 사람들은 마왕을 필요 이상으로 두려워했다. 그리고 마왕은 자기가 처한 상황을 자각하고 끙끙 앓는, 섬세하고 사람다운 마음을 가지고 있었다.

전시 상황이었다면 군기를 바로잡는 데 도움이 된다고 납득했겠지만, 평화로운 시대에 이런 대접은 너무하네. 아군을 위해 적을 물리쳤는데 어째선지 그 아군에게 미움받다니.

"당시에 마왕이 괴로운 상황이었단 건 알겠어요. 하지만 이건 초대 폐하가 공작에게 보낸 편지잖아요? 이게 마왕이랑 어떻게 연관되는 거죠?"

"여기까지는 전제. 마왕이 이런 상황임을 알고 초대 폐하가 무슨 생각으로 어떤 대책을 세웠는지가 적혀 있어."

설명은 계속됐다.

마왕의 상황을 우려한 초대 국왕은 해결책을 떠올렸다. 마왕에게 잠시 모습을 감추게 시키는 것이다. 왕도에서 멀리 떨어진 벽지의 고성으로 가게 한 뒤 마왕의 악평이 잠잠해지기를 기다리면 된다.

육체적으로도 정신적으로도 만신창이가 된 마왕 역시 느긋하게 휴식할 수 있겠지. 애초에 붙임성이 안 좋은 마왕이라면 벽지에 가도 별로 힘들지 않을 터.

언젠가 마왕을 왕도로 다시 데려와 중요한 일을 맡기고 싶다.

"대충 이런 내용이 쓰여 있어. 맞춤법과 단어 선택은 조금 더 과격하지만 말이야."

로널드 씨는 그렇게 말하며 편지 해설을 마쳤다.

초대 국왕에게는 그런 의도가 있었구나. 나는 마왕에게 자기가 쓸모가 없어지고 방해되니까 좌천됐다고 들었는데. 혹시 마왕이 착각했을 뿐이었나?

맞다…… 성녀! 마왕은 초대 국왕에게 원한을 토로할 때 좋아하는 여자를 빼앗겼다고도 했었다. 방금 들은 이야기에 따르면 그저 양호했던 관계가 틀어진 것 같지만, 연애와 관련된 마찰도 있었을 텐데.

"그 편지 내용이 전부 진짜인가요?"

"당시에 날조됐다면 알아낼 방법은 없고, 주관이 들어간 문장이라서 전부 진실이라고 단언할 순 없어."

로널드 씨는 편지의 불확실성을 깔끔히 인정했다.

의외라고 생각하는데, 로널드 씨가 계속해서 말했다.

"나는 딱히 초대 폐하를 감싸고 싶진 않아."

"물어보러 온 건 저희이기도 하고요."

"이 편지가 완벽히 진실은 아니겠지만 정확도는 높을 거야. 그래서 너희에게 보여줬어. 내 선택을 조금만 믿어 줘."

초대 국왕이 마왕을 진심으로 복귀시킬 셈이었는지는 국왕의 마음을 읽지 않는 한 모른다. 하지만 국왕은 자기가 신뢰하며 훗날 공작 가문을 부흥시키는 동생에게 마왕을 복귀시킬 셈이라고 확언했다. 그 점만으로도 일기, 더 나아가서 역사서보다 신뢰도가 높을 수도 있다.

뭐가 진실이고 뭐가 거짓일까. 내가 마왕에게 들은 이야기도 마왕의 주관이 들어갔음은 분명하다. 용사와 마왕, 당사자끼리 서로 확인하면 진실에 도달하겠지만 그럴 기회는 이제 평생 찾아오지 않는다.

하지만 역시 그 얘기는 관심이 가는걸.

"초대 폐하와 마왕이 연적이었다는 정보는 있나요?"

"글쎄? 어떠려나?"

"없나요?"

"만일 연애 문제에 관해 옛날 사람의 증언이 있다면 그건 믿을 수 있겠어?"

로널드 씨는 자료를 찾는 척도 안 하고 말했다.

확실히 믿을 수 없겠지. 본인이 말하든 제삼자가 말하든.

누구랑 누가 사귀고 있다. 이 사람은 저 사람을 좋아한다. 이런 건 착각인 경우가 상당히 많다.

연적 운운하는 얘기는 이제 됐어요, 하고 나는 고개를 저었다. 그러자 로널드 씨는 준비했던 자료를 꺼냈다.

"끝으로 이건 어때? 초대 폐하의 말년 즈음에 쓰인 거야."

로널드 씨가 내민 것은 깔끔하게 장정이 되어 있는 책이었다. 안도 확인했는데 종이가 너무 깨끗했다. 아마 이건 원본이 아니라 필사본이겠지.

대충 훑어본 바로는 남에게 전하는 것을 전제로 쓴 책인 듯했다.

개인적인 불평이 섞인 일기, 개인 간에 보내는 편지…… 아까 본 두 자료와는 사뭇 다른 이질적인 자료였다.

그 책을 보고 지금까지 서고 안을 재미없다는 듯이 어슬렁거리던 엘레노라가 입을 열었다.

"그 책, 저도 본 적 있어요!"

착각한 거 아닐까. 엘레노라는 여기에 처음 왔고, 이곳의 자료를 로널드 씨가 바깥으로 반출하거나 하물며 여동생의 눈이 닿는 곳에 둘 것 같진 않았다.

나는 로널드 씨가 엘레노라의 발언에 기분 탓이라고 말하고 끝날 줄 알았으나 로널드 씨는 의외로 고개를 끄덕였다.

"있어도 이상하진 않지. 이 책은 얼마 전까지 힐로즈 공작 가문의 소유물이었으니까. 공작 가문 대대로 전해져 내려온 걸 이곳으로 옮긴 거거든."

"분명히 본 적 있어요!"

"어느 방에서 본 거야? 보관하는 방은 아버지가 들어가지 말라고 하셨을 텐데."

"……처음 보는 책인 것 같아요."

엘레노라가 출입이 금지된 방을 탐색했었다는 건 둘째 치고

이 책은 공작 가문과 관련된 물건인 모양이다. 현재 힐로즈 공작 가문은 몰락했기 때문에 보관 장소를 옮긴 거겠지.

이하 요약.

공작 가문은 당초 왕가를 보좌하기 위해 만들어졌다. 형이 국왕이고 동생은 공작, 신뢰할 수 있는 사이끼리 나라를 유지하려는 건 흔히 있는 이야기다.

그러나 지금은 안정된 발샤인 왕국도 건국 당시에는 삐걱거렸던 모양이다.

실질적인 통치는 거의 끝나서 정식으로 건국 식전을 열기 직전에 분노와 원한에 집어 삼켜진 마왕이 마물을 조종해 발샤인 왕국을 공격했다. 전투에서 만큼은 초일류급 재능을 발휘하던 초대 국왕은 어려움 없이 마물 무리를 제압하고 마왕도 봉인했다.

마왕을 봉인한 용사가 다스리는 나라. 이용할 수밖에 없는 최고의 건국 신화를 손에 넣은 발샤인 왕국이었으나 당시에는 언제 와해돼도 이상하지 않은 상황이었다.

"초대 폐하가 싸우는 것밖에 못하는 사람이어서인가요?"

"그렇게 생각하는 게 자연스럽겠지. 하지만 이 책의 저자는 그렇게 생각하지 않았어."

그러고 보니 단적인 상황 설명부터 들어가서 신경 안 쓰고 있었는데, 이걸 쓴 사람은 누구일까.

책을 계속 읽어 나갔다.

이 책의 저자는 왕국이 불안정한 원인은 마왕이 빠졌기 때문이라고 분석한 듯했다.
옛날에 비해 유력 귀족들이 국왕에게 불만을 품는 일이 늘었다. 처음에는 전시 상황이라서 참았던 욕구가, 평화로워지자 폭발한 게 아닐까 했으나 아무래도 아니었던 모양이다.
나라가 잘 돌아갔을 때는 엄격하고 농담이 통하지 않는 마왕이 유력자들의 불만을 한꺼번에 떠맡고, 국왕은 조잡하긴 해도 중재책을 생각해 내서 양측이 반강제로 인정하게 했었다.

나라의 넘버 투가 공포를 이용해 은밀히 왕을 보좌한다. 마왕이 의식했었는지는 모르지만 실제로 그 방법은 잘 기능했다.
그러나 이 책의 저자는 공포를 자유자재로 이용할 수 없었다. 그래서 불만의 표적이 아니라 불만의 수납처가 되기로 결단했다. 왕가와 일부러 적대해 반란 분자를 한곳에 모은 뒤 적당히 불만을 진정시키고 최후에는 쌓이고 쌓인 추한 욕망을 자기와 함께 배제한다.
"이걸 쓴 사람은……."
"상상하는 대로야."
어디선가 들은 이야기라고 생각했더니만. 이건 초대 힐로즈 공작이 공작 가문의 역할을 쓴 책이었다. 공작 가문은 이 책을 보관하고 필사하고 확실하게 계승했으며, 대대의 당주들은 그 역할을 완벽하게 수행했다.
그 책무가 대대로 이어져 내려온 결과, 엘레노라네 아빠가 공작 가문의 마지막 역할을 완수했고 마침내 힐로즈 공작 가문은 소멸했다.

새삼스럽게 힐로즈 공작 가문의 대단함을 실감하고 있는데, 어쩌면 당주가 되었을지도 모르는 장본인인 로널드 씨가 아무렇지도 않게 선언했다.

"뭐, 공작 가문 얘기는 어찌 되든 상관없어."

"어찌 되든 상관없지 않잖아요."

"지금 얘기의 본론은 초대 폐하잖아? 괜찮아, 아버지도 죽지 않고 끝났으니까."

그건 그렇긴 한데…….

이해했는지 모르겠는 표정으로 멍하니 듣고만 있는 엘레노라에게 불만을 품으면서도 우리는 본론인 용사가 관련된 부분까지 읽어 나갔다.

다시 요약.

국왕은 마왕을 잃어서 상당히 마음 아파했던 모양이다. 나라를 운영하는 데 써먹기 좋은 미움받는 역할을 의도치 않게 떠맡겼다면서.

그리고 마지막 전투와 봉인이라는 결말까지. 마왕을 싫어하는 자가 편지를 보내지 못하게 막은 탓에 그들은 계속 엇갈린 채 싸우게 되었다.

국왕의 말년. 힐로즈 공작이 스스로 짊어진 역할에 관해 들었을 때 국왕은 더더욱 후회한 듯했다.

자기는 국왕이 될 그릇이 아니었다. 나라를 다스릴 능력이 없다. 그래서 주위 사람들을 고생시켰다.

만일 자기에게 국왕으로서의 능력이 있었다면 마왕이 사람들의 두려움을 받으며 고독해지지 않았을 것이다. 친구였던 그가 마왕이라 불리는 존재로 전락한 이유는 자기에게 왕의 자질이 없었기 때문이다.

끝내는 남동생이 스스로 마왕과 같은 길을 걸으려 하고 있다.

모든 것은 국왕인 자신의 능력 부족 때문이다. 완벽하게 국왕다운 국왕이 됐다면 아무도 희생하지 않고 발샤인 왕국을 이끌었을 텐데.

나라를 처음부터 다시 세우고 싶다. 다시 세우는 건 못해도 나라를 세운 걸 없었던 일로 만들고 싶다.

국왕은 병상에 누워 그런 후회를 잠꼬대처럼 중얼거렸다고 한다.

'그런 형이기에 나는 힐로즈 공작 가문의 역할을 확실하게 굳혔다. 이걸 읽고 있을 나의 자손에게 부탁한다. 무리하게 이 역할을 수행할 필요는 없지만, 그 시대의 왕가를 지탱하고 싶다면 부디 나의 의지를 이어 주길 바란다.'

책은 그렇게 마무리되었다.

초대 힐로즈 공작의 각오도 대단하지만, 무엇보다 초대 국왕의 후회에 충격을 받았다.

초대 국왕은 이미지보다 머리와 소행이 나쁜 야만족이었다. 그 야만족은 마왕과 갈라서기 싫었지만 용사가 되었다. 그 용사는 건국에 희생된 사람들을 생각하며 후회 속에서 죽었다.

초대 국왕의 이미지는 이 짧은 시간 동안 몇 번이나 변화했다.

유일하게 공통점이라고 할 수 있는 것은 어느 국왕도 국왕답지 않다는 점뿐이었다.

7장 히든 보스(좌), 용사와 싸우다

"하지만 이러는 편이 더 국왕님답잖아?"

외모마저 변했다고 지적받은 용사는 전혀 부정하지 않고 그렇게 말했다.

상황을 이해하지 못한 내가 조용히 있는 동안 마왕은 노성을 질렀다.

"넌 그런 사람이 아니었잖나? 말쑥한 옷차림도 온화한 말투도 전혀 너답지 않아!"

"나다움 따위는 아무래도 좋아. 너도 좀 더 국왕답게 하고 다니라고 했었잖아."

두 사람의 이야기를 들으니 이해되기 시작했다.

용사가 발샤인의 초대 국왕이었음은 틀림없다. 하지만 외모와 말투 등 표면적인 부분이 격변한 것이다.

이곳은 노을의 나라, 생전에 품었던 미련의 영향을 받아 사람이 변화하는 세계. 오랫동안 이곳에 있던 용사는 생전과 전혀 다른 외모가 된 듯했다.

용사와 처음으로 만났을 때부터 느꼈다. 어딘가 고상하고 자신감 있고 다정하고…… 아니, 그런 말을 늘어놓을 필요는 없다. 그 사람은 '국왕' 이라는 단 한 단어로 표현할 수 있다.

모든 것이 국왕다운 그 사람은 국왕다운 외모에 국왕다운 태도에 국왕다운 말투에 국왕다운 음색에…… 어디까지나 국왕답게 말했다.

"내가 이런 사람이었다면 더 잘됐을 거 같았거든."

"무슨 소리냐?! 본좌가 따라가겠다고 각오한 건 거칠고 난폭한 네놈이었다. 뭐냐, 그 말투는?! 기분 나쁜 말투 쓰지 마라!"

"너한테 말투를 지적받고 싶진 않아."

"'본좌' 란 말이 뭐가 이상하다는 거냐! 안 이상하겠지……?"

잠시 분개하던 마왕은 바로 불안해졌는지 내 쪽을 보았다. 좋아하던 사람이 자기한테 관심이 없었다는 걸 알고 자신이 없어졌군.

본좌. 예스러워서 현대 기준으로는 익숙하지 않은 말이지만 마왕님은 옛날 사람이니까.

"전혀 이상하지 않아요. 시대가 다르잖아요."

내가 옹호하자, 곧바로 용사가 보충 설명했다.

"우리 시대에도 본좌라는 말을 쓰는 사람은 없었어."

"그럼 이상해요!"

그럼 인정할 수밖에 없잖아. 먼저 말을 꺼낸 게 용사였다면 '어떤 말투를 쓸지는 개인의 자유니까…….' 라고 옹호했겠지만 먼저 트집을 잡은 사람은 마왕이다.

"보……본인의 말투는 상관없다. 그것과는 별개로 지금의 네 녀석은 보고 있을 수가 없군."

본인이라는 말을 쓰는 사람도 없거든요.

마왕의 말투는 됐고, 노을의 나라에서 변모하기 전 용사가 궁금하다. 아마 이렇게까지 국왕다운 사람은 아니었겠지만…….

"원래는 어떤 분이었나요?"

"거칠고 난폭한 남자였지. 싸움에 재능이 있을 뿐 나라를 다스릴 그릇은 아니었다."

그렇게 심했다고?

마왕의 말은 꽤 신랄했지만 용사는 "그랬지."라며 웃을 뿐이었다. 아무래도 진실인 모양이다. 지금의 용사밖에 모르기에 전혀 상상이 안 갔다.

"경비를 서면 국민이 도적으로 착각했었다."

"아아, 도적이 어디 있냐면서 네가 달려왔었지."

"동맹을 맺는 자리에서 예의를 갖추지 않아서 불필요한 전쟁이 벌어질 뻔한 적도 있었다."

"애시버튼의 노공은 무서웠어."

"전쟁 자금을 조달하겠다면서 원숭이와 물고기의 뼈를 이어 붙여서 팔려고도 했다."

"인어 미라야. 말리지 않았다면 분명 팔렸을걸."

뭐라고……? 그렇게 심했단 말이야? 마왕도 그랬지만, 용사 쪽도 상당히 심각한 에피소드가 한가득이었잖아.

근방에 널린 산적과 다름없는 풍채였던 모양이고, 미수에 그쳤지만 사기도 치려고 했다. 초대 국왕의 용기를 칭송하는 일화는 많이 남아 있지만 정체를 알고 나니 전부 양아치의 무용담으로만 들렸다.

"그런 남자라 해도, 본좌가 가장 경멸하는 부류였다고 해도…… 그래도 왕이 되어 주길 바랐다."

"고마워. 건국을 꿈꾸며 너와 함께 달리던 나날은 정말 즐거웠어."

"고맙다고 하지 마라! 전반부에 악담을 들었을 때부터 이미 싸움을 거는 게 원래의 네놈이지 않나?! 본좌가 따라가겠다고 결심한 건 난폭하지만 의리 깊은 네놈이었단 말이다!"

젊은 시절의 용사는 야만족 같았지만 그런 면모가 사랑받았던 모양이다. 그 거친 기세 그대로 왕국을 만들었을 테지.

용사는 무엇을 후회해서 지금의 모습이 되었을까. 상상은 간다. 좀 더 국왕다워지고 싶었던 거겠지. 그럼 용사는 되살아나서 한 번 더 국왕을 할 셈일까?

마왕이 곧바로 나도 궁금했던 핵심 질문을 내뱉었다.

"그런 모습이 되어서까지 무엇을 바라는 거냐. 되살아나서 뭘 할 셈이지?"

왕국의 번영…… 같은 소망을 들을 수 있을 줄 알았다.

누구보다 국왕다워진 국왕은 분명 국왕다운 소망을 품었을 게 분명했다.

용사는 역시 국왕답게 당당히 소망을 말했다.

"내가 바라는 건 발샤인 왕국의 멸망이야."

발샤인 왕국의 초대 국왕은 왕국의 멸망을 갈망하고 있었다.
완벽한 국왕처럼 행동하는 초대 국왕은 왕과는 반대되는 희망을 품고 되살아나려 하고 있었다.
"어째서……?"
"발샤인 왕국은 수많은 희생 위에 세워진 잘못된 나라야. 그런 나라는 처음부터 없는 편이 나았어."
마왕과 사이가 틀어졌던 일을 후회한다는 건 알겠는데, 아무리 그래도 왕국을 멸망시키는 건 좀…….
희생자 본인이 부정하면 끝날 이야기 아닌가? 내가 마왕을 힐끔 쳐다본 뒤로도 용사의 말은 계속 이어졌다.
"마왕만 희생된 게 아니야. 일부러 대립 구조를 만드는 편이 안정될 거라면서 내 동생은 힐로즈 공작 가문을 부흥시켰어. 그 끝이 파멸임을 알면서도 자손들은 철저히 악역을 연기하겠지."
"그건……."
"어때? 몰랐지? 왕국에는 그런 이야기가 아주 많아."
아뇨, 아는데요. 동생분의 자손이 저희 집에 있어서요. 이미 파멸한 뒤거든요.
나도 깊게 관련된 공작의 반란 소동을 설명하자. 나는 설명하려고 용사를 보았다가…… 숨을 삼키고 말았다.

빨려 들어갈 듯한 용사의 눈동자를 보고 나오려던 말이 멈추고 말았다. 이렇게 인간미 없는 눈이었다는 걸 왜 지금까지 알아차리지 못했을까.

"죽는 순간 내가 한 후회는 결코 흔들리지 않아."

용사는 결코 흔들리지 않는 빛이 없는 눈동자로 그렇게 선언했다.

나는 몇 번째인지 모를 배신을 결행했다.

말하지 않아도 전해지겠지. 마왕 쪽으로 가서 용사와 마주섰다.

아까보다는 나아졌지만 아직도 용사의 눈동자는 무서웠다. 용사는 사람답지 않은 시선으로 사람 좋아 보이는 미소를 지으며 나를 회유하려고 했다.

"꼭 나라를 초토화하겠다는 건 아니야. 발샤인 왕족이 다스리는 체제를 무너뜨릴 뿐이지."

"왕국에 충성심 따윈 눈곱만큼도 없지만…… 되살아나는 것에 관해 생각해 볼 계기가 됐어요."

늙어서 후회한 용사의 사후 말로를 내 눈으로 직접 보고 알았다.

나는 이렇게 휩쓸리듯이 현세로 돌아가선 안 된다.

"너는 되살아나는 걸 우선해야 하잖아?"

"이제 되살아나지 않아도 괜찮아요."

만일 되살아난다 해도 몇십 년 뒤에 내가 늙어서 다시 죽으면 후회할 거리는 얼마든지 있겠지.

여기서 부활을 긍정하면 나는 늙어 죽은 뒤에도 되살아나는 길을 택할 것이다. 만족하고 죽는다는 조건을 달성할 때까지 몇 번이고 되살아나는 유사 불로불사를 손에 넣고 말 것이다.

그건 안 된다. 이유를 논리정연하게 설명할 수는 없지만 그런 일이 있어서는 안 된다.

"되살아나지 않아도 괜찮아요. 저도 당신도 죽음을 받아들여야 한다고 생각해요."

"너는 아군이 되어 줄 줄 알았는데 말이야."

용사는 허리춤에 찬 검을 천천히 뽑았다.

장식투성이 자루와 검집을 보고 실용성은 낮은 검이라고 생각했는데, 그 칼날은 차갑고 날카로운 빛을 머금었다.

"그럼 간다!"

용사는 묵직하게 검을 휘두르며 자세를 취했다.

그다지 강해 보이진 않아서 그냥 바라보는데 마왕이 황급히 말했다.

"조심해라! 온다!"

괜찮다니까요. 마왕님은 제가 얼마나 센지 알잖아요.

지금은 좌반신뿐이지만 그때보다 강해졌다고요.

용사는 아직 자세를 취하는 중이었다. 거리도 멀리 떨어져 있으니 경계할 필요는…….

"윽!"

용사는 바로 지금 내 눈앞에 있었다.

예상보다 훨씬 빠르게 접근해서 검이 내 목 앞까지 와 있었다.

음속의 검격을 인식했으나 몸이 따라가지 못했다. 일상생활에서는 위화감이 없었지만 좌반신뿐인 영향도 있는 듯했다.
나는 용사가 혼신의 힘을 다해 내지른 가로 베기를 받아냈다.
"보이는 건가. 역시 강하네."
나는 공격을 맞긴 했지만 뛰어올라서 위력을 죽이는 데에 성공했다.
높이 뛰어오르자 용사의 중얼거림은 저 멀리 사라졌다.
왼 다리로 어찌어찌 착지한 뒤, 그대로 점프해서 마왕 옆까지 돌아왔다.
"저 녀석의 검을 제대로 받고도 상처 하나 없다니."
"목은 잘 붙어 있나요? 베이진 않았죠?"
"세로로 일도양단된 것 같은 외형이긴 하군."
그럼 괜찮네. 반쪽밖에 없는 건 처음부터 그랬으니까.
공격은 통하지 않았지만 피하지 못한 것도 사실이다. 너무 빠르다.
"너무 센 거 아니에요?!"
"저 녀석은 나라를 세운 남자다. 저 정도 실력은 당연히 있어야지."
마왕과 비슷한 정도일 줄 알았던 용사가 너무 강하다.
하지만 마왕을 해치우지 못해서 봉인했다고…… 아, 그렇구나. 마왕을 죽이고 싶지 않아서 봉인한 거였어.

뭐, 그래도 이길 수 있는 정도긴 하다. 저쪽의 공격도 별로 안 통하고, 준비만 하면 빠른 속도에도 대응할 수 있을 것이다.

여유로운 분위기를 감지한 마왕은 느긋하게도 아까 그 수첩을 펼치며 말했다.

"그 모습을 보아하니 문제없을 듯하군…… 음?"

저기요, 일기나 쓸 때가 아니잖아요.

내가 불만을 내뱉기 전에 용사가 먼저 나에게 수첩을 들이밀었다.

"전언이다."

"저한테요?"

수첩을 들여다보니, 낯익은 필적으로 글자가가가가가가가

8장 히든 보스(우), 요격하다

초대 국왕이 다른 의미로 아주 나쁜 사람이었음을 알았다.

초대 국왕이 품고 있던 후회도 알았다.

노을의 나라에서도 국왕인 그의 됨됨이는 알아냈지만 왼쪽 유미엘라 구출 작전에는 아무런 영향이 없었다. 용사가 생전에 품은 미련이 뭘지 어렴풋이 상상이 갔지만 그렇다고 해서 할 수 있는 일은 없었다.

완전히 사면초가였다. 어찌해야 할지 고민하며 우리 세 사람은 왕성에서 마차에 올라탔다.

일단 왕도의 도르크네스 저택으로 향했다. 아무리 걷는 걸 좋아하는 나라지만 좌반신이 안 움직이니까 걷기 귀찮았다.

부드럽고 달콤한 향기가 감도는 마차 안에서 나와 패트릭은 의기소침해진 채로 대화했다.

"난관에 봉착했네…… 어쩌지."

"성과는 없었지만 어차피 밑져야 본전이었으니까 너무 침울해진들 어쩔 수 없어."

"최소한 노을의 나라와 연락할 수단이 있으면 좋을 텐데."

"가장 큰 불확정 요소는 유미엘라의 좌반신이니까. 저쪽에서 먼저 계기를 만들어 주면 좋겠는데."

기다리는 수밖에 없나. 나와 패트릭은 동시에 한숨을 내쉬었다.

정적이 마차 안을 지배했다. 나는 일상적인 대화를 할 마음이 안 들었고, 패트릭도 마찬가지인 듯했다. 엘레노라는……

어라? 왜 엘레노라가 조용한 거지?

항상 신나 있는 엘레노라가 계속 대화에 참가하지 않다니 부자연스럽다.

시선을 돌리자, 엘레노라는 무언가를 필사적으로 읽고 있었다. 엘레노라가 열심히 그것의 페이지를 넘길 때마다 향기가 피어올랐다.

책 같은 걸 가져왔던가? 애초에 엘레노라가 책을 읽는 것 자체가 보기 드문 일인데.

"엘레노라 님, 그건 뭐예요?"

고개를 든 엘레노라는 죄 없는 미소를 짓더니 검은 수첩을 당당하게 보여주었다.

"궁금해서 들고 와 버렸어!"

아아, 걱정 하나 없는 미소가 눈부시다. 전 인류가 이렇게 무구한 얼굴이 되면 이 세상에서 범죄가 사라지리라고 확신할 수 있을 정도였다.

아니 그런데 잠깐, 엘레노라 어린이. 왕국의 기밀문서 같은 걸 마음대로 들고나오면 안 되죠. 그러면 혼나요.

"그러면 안 되죠! 왜 들고 온 거예요?!"

"향기도 멋지고 안에 적힌 문장도 너무 훌륭해서…… 참을 수가 없었어."

"참을 수가 없었다니……."

"미안해. 홧김에 그만……."

마치 진짜 체포된 사람처럼 말하고 있잖아. 금서고에 들여서는 안 되겠다 싶었던 사람은 정말로 금서고에 들여서는 안 되는 사람이었다.

큰일인데. 아마 로널드 씨는 이미 눈치챘을 거야. 여동생이 한 짓이니까 너그럽게 봐주지 않으려나.

"자, 이리 주세요. 바로 돌려주러 갈 거예요."

"조금만 더! 아주 조금만 더 볼게!"

고집을 부리는 엘레노라에게서 수첩을 빼앗으려고 애를 쓰다가 수첩이 떨어졌다.

낙하한 충격으로 수첩의 낱장이 팔락이며 넘어가더니 마지막 페이지가 펼쳐졌다.

영문 모를 문장과 싫어도 다시 대면하게 됐다.

'역시 저 녀석 완전 짜증 나! 그 애는 오랜만에 만났더니 반쪽이 되어 있어서 깜짝 놀랐어!!!'

'저 녀석이 용사라고 불리는 거 짜증 나.'

'유미유미는 속고 있으니까 저 녀석의 본성을 알려줘야 해!'

'발샤인 왕국의 멸망이라니, 그렇게는 안 돼! 노을의 나라에서 내보낼까 보냐!'

어? 노을의 나라? 지금 우리가 몹시 원하던 단어가 눈에 들어왔다.

환각이라도 보는 건가 싶어 패트릭에게 확인했다. 패트릭도 믿기지 않는지 수첩을 바라봤다.

"패트릭, 이거……."

"아까랑 내용이 바뀌었어. '깜짝 놀랐어' 가 마지막 문장이었을 텐데."

"그렇지? 게다가 노을의 나라라니……."

대체 어느새 문장이 늘어난 걸까. 그리고 왜 필자는 노을의 나라를 아는 거지.

수첩에 문장을 추가로 써 넣을 수 있는 인물…… 엘레노라를 추궁했다.

"엘레노라 님, 이 수첩에 뭐 썼어요?"

"안 썼어. 이 귀여운 글씨체는 이 수첩의 주인 거잖아."

엘레노라는 거짓말을 하지 않는다. 만일 엘레노라가 문장을 추가했다면 가지고 나온 걸 밝힐 때처럼 주눅 들지도 않고 진실을 말했을 것이다.

그리고 엘레노라의 주장대로 이 특징적인 동글동글한 글씨체는 원래 있었던 글씨와 동일했다. 멋대로 문장이 생겨났다고 여길 수밖에 없었다.

믿기 어려운 가설을 긍정하듯이 수첩에 새 문장이 생겨났다.

'유미유미가 아군이 돼 줬어! 기뻐!'

진짜냐……. 문득 아이디어가 떠올라 수첩에 문장을 써넣어

보았다.

'그쪽에 유미엘라 도르크네스가 있나요?'

'어?! 수첩이 말하는 건가? 유미유미는 옆에 있어~.'

엄청 친절한 여자애네.

좋아. 그렇다면…….

'그 사람에게 전해 주세요. 좌반신은 우반신에게 패배하는 허접이라고.'

다음 순간, 세계가 진동했다.

소리도 흔들림도 안 느껴졌지만 확실히 세계가 진동했다.

원인도 이유도 설명할 수 없지만 이 세상이 끝날 듯한 예감을 우반신의 피부로 느꼈다. 오늘 아침에 일어난 후로 좌반신의 감각이 없는 게 가장 실감되는 순간이었다.

내 착각이 아니다. 패트릭도 엘레노라도 숨을 삼켰다.

말이 울었다. 숨을 멈추고 날뛰는 말과 당황하는 마부의 소리를 들었다.

'무언가' 가 일어나고 있다.

세계의 섭리를 모독하는 듯한 무시무시한 '무언가' 가 근처에 있다.

잊었던 호흡을 재개한 건 패트릭의 한마디 때문이었다.

“일단 밖으로 나가자.”

자세한 내막은커녕 아무것도 모르지만 유미엘라 도르크네스가 공포를 느낄 정도의 이런 상황에서 패트릭은 제일 먼저 행동했다.

잘 보니 패트릭도 몸이 떨리고 있었다. 방금 목소리도 떨렸던 듯한 기분이 든다. 세상에서 가장 강한 사람은 나지만 용기로 따지면 패트릭이 이기지 않을까.

엘레노라는 괜찮을까. 제일 먼저 걱정해야 할 엘레노라를 뒤로 미룰 만큼 나는 내심 궁지에 몰려 있었다. 패트릭에게 받은 얼마 없는 용기를 쥐어짜서 나도 목소리를 냈다.

“엘레노라 님도 괜찮아요?”

“받아들일 수밖에 없어…… 내가 할 수 있는 건 없으니까.”

엘레노라는 이미 포기한 상태였다.

추락이 확정된 비행기 안처럼 패닉이 일어날 듯한 상황에서 사람은 의외로 침착하다고 한다. 진짜로 패닉이 일어날 때는 빨리 도망치면 살 수 있는, 조금이라도 희망이 있는 경우다. 어디로도 도망칠 수 없고 절대로 살 수 없을 때, 희망이 티끌만큼도 없을 때…… 엘레노라는 그런 때와 같이 침착했다.

엘레노라보다 패트릭이, 그 이상으로 내가 동요하는 것도 그래서겠지. 현재 발생한 이 사태에서 희망을 찾아낼 수 있는 사람은 나와 패트릭뿐일 테니까.

쥐 죽은 듯 고요해진 마차 바깥을 기분 나쁘게 여기며 조심스럽게 밖으로 나왔다.
우리는 이 현상의 원인을 찾아 주위를 둘러보았지만 그럴듯한 것은 보이지 않았다.
이 절망적인 분위기는 마치 이 세계에 넓고 얇게 깔린 것처럼 느껴졌다.
제일 먼저 알아차린 사람은 엘레노라였다. 엘레노라는 하늘을 가리키며 말했다.
"하늘에! 하늘에!"
"저건, 뭐지……?"

'그것' 은 공중에 떠 있었다. 엷은 구름보다 더 위에. 윤곽이 흐릿해서 하늘인지 우주인지 알 수 없을 만큼 높은 고도에 있는 것처럼 보였다.
'그것' 은 등에 날개를 달고 있었다. 원래는 유동적이고 형태도 색도 없는 마력이 실체화하는 매우 보기 드문 현상이다.
왼쪽에만 있는 여섯 장의 검은 날개는 꾸물거리면서 끊임없이 형태를 바꾸고 커졌다. 멀리서는 날개만 보이고 중앙에 있는 사람 형태의 '그것' 은 안 보일 정도였다.
'그것' 은 머리에 고리를 쓰고 있었다. 날개와 마찬가지로 검은 고리는 여러 겹으로 겹친 채 토성의 고리처럼 펼쳐져 있었다.
천사라 부르기에는 너무나도 사악하고, 악마라 부르기에는 너무나도 성스러우며, 신이라 부르기에는 너무나도 모독적이었다.

왕도에 있는 사람들은 '그것' 을 올려다보았다. 예전에 현현했을 때는 그 여파만 목격했기에 가까이에서 직시하는 건 처음이었다. 그 사람들은 '그것' 이 날개를 뻗으며 고리를 넓히는 것을 그저 지켜만 보았다.

아무도 도망치지 않았다. 어디로 도망치든 소용없다는 걸 아무리 이해력이 낮은 사람이라도 강제로 알 수 있었기 때문이다.

아무도 비명을 지르지 않았다. 폐에서 공기를 토하고 성대를 울리는 행위에 한 줌의 가치도 없었기 때문이다.

아무도 대화하지 않았다. 모두가 같은 생각을 해서 굳이 말을 하며 공감을 얻을 필요가 없었기 때문이다.

아무도 유서를 쓰지 않았다. 유서를 남길 상대조차 사라질 것이기 때문이다.

아무도 싸우지 않았다. 이유는 말할 필요도 없다.

절망보다는 달관이라는 말이 더 어울리겠지. 무슨 짓을 해도 소용없다. 이 현상을 받아들일 수밖에 없다.

고요——해진 '그것' 의 주위. 왕도에 있는 모든 국민이 바라보는 '그것' 은 지금도 시시각각 커지고 있었다.

검은 날개와 고리는 전 세계의 하늘을 뒤덮듯 펴졌다…….

검은 날개와 고리는 전 세계에서 관측됐다. 온 세상에 동요가 확산됐다. 감이 좋은 자나 감수성이 높은 자는 정체불명의 현상을 보고 '그것' 의 형태까지 상상하며 절망의 심연으로 끌려 들어갔다.

그리고 '그것' 에 비하면 너무나도 왜소한 패트릭과 엘레노라는 한숨을 내쉬었다.

"뭐야, 유미엘라잖아."

"유미엘라네요."

아니, 난 여기 있는데?

"뭔데, 뭔데? 무슨 일이 일어나는 건데?"

"아, 역시 유미엘라예요."

"좌반신만 있는 걸 보니 틀림없어."

누가 설명 좀 해 줘. 주위 캐릭터들이 의미심장한 대화를 나누느라 주인공만 소외되는 거 난 별로 안 좋아한단 말이야.

나는 아직도 위기감이 최고조에 달한 상태인데 두 사람은 완전히 맥이 빠진 듯했다. '저것' 이 너무 무서워서 머리가 이상해졌나? 만약 그렇다면 불안해서 울고 말 거야.

'저것' 이 나라는 영문 모를 말이나 하고 있고…….

"저것의 정체를 안다고 하진 않겠지? 난 저런 거 처음 봤는데?"

"나는 두 번째야."

"나도."

역시 두 사람은 머리가 이상해진 모양이다.

더는 무리야. 이대로 세상은 끝나겠지. 받아들일 수밖에 없는 종말 앞에서 최소한 내가 사랑하는 두 사람과 대화를 나누고 싶다. 의미심장하기만 하고 영양가도 별로 없어 보이지만 둘의 대화에 나도 참가했다.

"설마 천체 제압용 최종 병기가……."

"유미엘란데."

"유미엘라야."

나? 난 여기 있는데? 그리고 난 저런 반쪽짜리 인간이…… 아, 저거 좌반신이네.

혹시 반쪽밖에 없다는 것만으로 날 의심하는 거야?

"반신만 있는 사람은 나 말고도 있거든!"

"없잖아."

태어날 때부터 그런 마물이 있을지도 모르잖아.

인정하기 싫다는 마음 하나로 어떻게 반론할지 고민하는데 패트릭이 뒤이어 말했다.

"이제 그만 인정해. 저만한 어둠의 마력이 있고, 때마침 우리 바로 위에 나타났고, 좌반신뿐이고…… 조건이 너무 잘 갖춰졌잖아."

확실히…… 그렇네?

믿기 힘들지만 패트릭이 그렇게 말한다면 그럴지도…….

찾고 있던 왼쪽 유미엘라가 저쪽에서 먼저 만나러 와 줬네요. 이걸로 한 건 해결! 유미엘라는 보란 듯이 원래 몸으로 돌아갔습니다. 잘됐네, 잘됐어!

"있잖아…… 만약 저게 내 좌반신이라면 평범하게 대화할 수 있는 상태일 것 같아?"

"방치하면 행성째로 사라지게 할걸."

역시 천체 제압용 병기 맞잖아.

'저것' 이 내 반신이라고 해도 말이 통하지 않으면 최종 병기와 전혀 다를 게 없다. 특유의 약점이라도 있다면 좋겠지만 나는 다들 아는 대로 무적이고 최강이라 어쩔 도리가 없다.

위기 상황임이 확실한데도 '저것' 이 나라고 판명된 뒤로 패트릭은 여유로워 보였다.

"대화도 불가능한데 어쩔 셈이야?"

"맡겨둬. 저것과 대치하는 건 두 번째니까."

"저번에는 어떻게 했어?"

"이 상황에는…… 필승법이 있어! 유미엘라 최강! 유미엘라 최강!"

패트릭 씨?! 어쩌지, 패트릭이 미치고 말았어.

평소에는 상식적이고 어른스러운 사람일수록 기행을 시작했을 때 무서운 법이다. 나도 패트릭의 영문을 모르겠는 행동을 보고 완전히 겁먹고 말았다.

도움을 요청하려고 엘레노라 쪽을 보았다. 패트릭의 목소리를 듣고 놀라던 엘레노라는 곧바로 무언가를 깨달은 듯 눈을 번쩍 뜨더니 최강 외치기에 참가했다.

"유미엘라가 최강이야! 제일 세!"

"유미엘라 최강! 유미엘라 최강!"

엘레노라까지 미쳤나?

둘 다 뭐 하는 거야? 당연한 사실을 외치다니 머리가 어떻게 된 거야?

과연 그게 정말 필승법일까 싶었지만 하늘에 있는 '그것' 에 변화는 보이지 않았다. 머지않아 두 사람의 영문을 알 수 없는 외침이 멈췄다.

"변화가 없어. 저번에는 이러면 사그라들었는데."

"나타난 원인은 강함이나 레벨에 유래된 무언가일 테니까 이런 방법이 맞을 거예요."

머리가 이상해졌을 터인 둘의 대화는 잘 맞물리는 듯했다.

영문 모를 외침도 호흡을 맞추려고 했던 거라고? 나는 전혀 이해할 수 없는 대화를 나눌 만큼 패트릭과 엘레노라가 잘 통한다고?

"약혼자와 친구가…… 크으윽, 머리가 쪼개질 것 같아."

"유미엘라에게도 설명하는 편이 좋을 것 같아요."

"그러자."

보다 못한 두 사람이 다시 한번 설명해 줘서 머리가 쪼개지는 전개는 회피할 수 있었다.

아무래도 저번에 있었다는 그 사건은 내가 약하다는 도발에 넘어간 게 원인이었나 보다. 레벨이 낮다고 놀림받은 나는 상공에 뜬 '저것' 과 같은 모습이 되었고, 돌아온 뒤에는 기억이 사라져 있었다고 한다.

그래서 그들은 내가 최강이라고 외쳐 대며 사태 수습을 꾀한 듯했다.
"아무리 나라지만 고작 약하다는 말을 들었다고 저렇게 돼 버린다고?"
"돼 버리니까 곤란해진 거잖아."
"그렇구나. 그럼 노을의 나라에 있던 내 좌반신이 약하다고 도발을 당한 거지?"
"그럴 거야. 민폐를 끼치는 녀석은 어디에나 있다니까."
패트릭이 보기 드물게 짜증을 드러냈다.
그러게나 말이야. 뭐 이렇게 민폐를 끼치는 녀석이 다 있담. 내 좌반신에게 그런 말을 하다니. 왼쪽 유미엘라가 오른쪽 유미엘라, 즉 나에게 패배하는 허접이긴 하지만 해도 되는 말이 있고 안 되는 말이…… 아!
급 전개의 혼란 때문에 잊고 있었는데, '저것' 이 출현하기 직전에 내가 뭘 했더라.
계속 끌어안고 있던 아까 그 검은 수첩을 확인했다.
'그 사람에게 전해 주세요. 좌반신은 우반신에게 패배하는 허접이라고.'
이게 원인 아냐? 민폐 끼치는 녀석이란 게 나였어?
내가 굳어 있으니까 패트릭은 내가 충격을 받았다고 착각한 듯했다.
"너무 신경 쓰지 마. 원인을 만든 인물에게도 책임이 있어."
"저기, 그 원인 말인데……."
"아무리 반신뿐이라지만 유미엘라를 약하다고 말한 사람도 잘못했지!"
"죄송합니다. 그 원인은, 저예요."
열심히 날 감싸 주는 두 사람에게 사실을 감출 수는 없었다.
수첩을 보여주며 좌반신의 폭주는 우반신의 도발 때문이었다고 설명했다.
엄청나게 혼날 줄 알고 긴장했는데, 패트릭은 전혀 다른 반응을 보였다.
"그렇구나! 그래서 유미엘라 최강이라고 외쳐도 효과가 없었던 거야."
"저도 알았어요! 중요한 건 유미엘라의 강함이 아니라 유미엘라의 오른쪽과 왼쪽 중 어느 쪽이 더 강한가였어요!"
"엘레노라 아가씨도 눈치챘구나! 이제 필승법을 쓸 수 있겠어!"
또 저만 이해 못하고 소외됐지만 필승법은 쓸 수 있나 보네요.
내가 원인이 되어 사건이 발생하고 패트릭이 잘 수습한다.
……이번에도 평소와 같은 흐름으로 끝날 듯하다.
승리를 확신하는 패트릭과 엘레노라는 다시 한번 목소리를 높였다.
"유미엘라는 좌반신이 더 세!"
"왼쪽 유미엘라가 최강이야!"
오른쪽 유미엘라로서는 회의적이었던 필승법은 명백한 효과가 있었다.
하늘에 떠오른 검은 날개가 희미하게 흔들린 것이다. 지금

껏 바깥 세계에 반응이 없었던 내 좌반신이 처음으로 반응을 보였다.

이런 걸로 폭주가 사그라들다니 내 좌반신은 참 단순하네. 나는 말만으로 강함과 약함을 논해 봤자 전혀 영향 안 받는데 말이지.

"왼쪽 유미엘라가 최강이야!"

"좌반신 멋있어!"

내 좌반신도 이 정도의 입발림에 창을 거두다니 참 한심하군.

지금의 나는 명백히 표면적으로만 하는 말에 아무 생각도 안 드드드드드드드드. 정신적인 면으로도 역시 우반신인 내가 우반신이우반신이우반신이우반신이 내가내가내가가각가가 아아.

"왼쪽 유미엘라 최강! 왼쪽 유미엘라 최강!"

"패트릭 님! 위험해요…… 유미엘라가!"

"그기그기가가가가레지기가."

"진정해, 유미엘라. 우반신도 강해! 우반신이 더 강하다고!"

"맞아! 오른쪽 유미엘라가 최강이야!"

응……? 어라, 뭐지? 내가 뭘 하고 있었더라?

분명 왼쪽 유미엘라가 폭주해서 상공에 떠올라 있었지. 하늘을 올려다보니 아까 봤을 때보다 더 흉포한 오라를 내뿜는 듯했다. 이대로 가다간 정말로 이 세계가 붕괴하고 말겠어.

"필승법은? 패트릭은 필승법이 있다고 했잖아?"
"막혔어."
"뭐?"
"막혔어. 필승법은 쓸 수 없어."
필승법이 있다고 했을 때의 자신감은 어디로 갔는지. 패트릭에게서는 이젠 글렀다는 확신이 흘러넘쳤다.
"그럼 저건 어떡해?"
필승법은 안 먹히더라도 패트릭이라면 분명 해결하기 위한 길을 찾겠지.
패트릭은 그 질문에 내 눈을 똑바로 바라보며 말했다.
"어떡하지."
진짜 어떡하지. 필승법은 반드시 이기는 방법 아니었어?

일단 피난해야 하나? 마차는 도르크네스 저택 앞까지 와 있어서 지금은 몇 걸음만 걸으면 저택 정원이다.
"일단 집 안으로 피난할까?"
"어디로 도망치든 똑같아."
확실히 엘레노라가 말한 대로다.
멍하니 서서 하늘을 올려다보는데 검은 점이 보였다.
"뭔가 떨어진다! 내 좌반신과는 다른…… 사람인가?"
아마 사람 하나 정도 크기인 듯하고 그렇게 빠르진 않으니까 머리에 직격하진 않겠지. 위만 보고 있으면 누구든 피할 수 있을 것이다.

"뭐가 보여?"
딱 부딪힐 것 같은 사람이 있네.
엘레노라를 안아 들고 집까지 도망쳐야 한다. 나는 황급히 행동으로 옮겼으나 좌반신이 움직이지 않는단 걸 잊고 있었다.
엘레노라의 발치에 꽈당! 하고 화려하게 넘어졌다.
"뭐 하는 거야?"
"전 여기까진가 봐요. 엘레노라 님, 저는 신경 쓰지 말고 도망치세요."
전 이제 글렀어요. 자신을 희생해서 친구를 구하는 여주인공 콘셉트나 되겠습니다.
마음씨 착한 엘레노라가 친구를 버리고 갈 리도 없고 '이번에는 내가 노력할 차례야!' 라고 말하듯이 그저 우두커니 서 있다……는 전개면 좋겠네.
넘어진 채 위를 보며 확인하니 엘레노라는 역시 도망치진 않았지만 뭐 하는 거냐는 표정으로 나를 보고 있었다. 콘셉트는 해제하겠습니다.
"하늘에서 떨어지는 낙하물이 있으니 엘레노라 님은 저택 안으로 피난하세요."
"유미엘라는 도망치지 않아도 돼?"
우와. 역시 나를 걱정하잖아. 다시 콘셉트 온.
"전 괜찮으니까 엘레노라 님만이라도……."
"그것도 괜찮겠네!"
엘레노라는 기운차게 고개를 끄덕이더니 쏜살같이 저택을 향해 뛰어가며 피난하기 시작했다. 콘셉트 해제다. 해산, 해산.

피난 훈련을 하는 초등학생만큼 열심히 달리는 엘레노라의 뒷모습을 지켜보며 땅바닥에 엎어져 있는데 패트릭이 양 옆구리에 손을 끼워 넣고 날 일으켜 세웠다. 마치 짐짝을 들어 올리는 듯한 동작이었다.

"누워 있을 때가 아니야. 저 물체는 이 근처에 떨어질 거야."

패트릭이 유도하는 대로 하늘을 올려다보니 그 낙하물이 이쪽을 향해 일직선으로 떨어지고 있었다.

가까워지면서 사람 하나만 한 크기라는 건 알았지만 아직 정체는 모른다.

"진짜 민폐네. 저택이 부서지거나 정원에 구멍이 생기면 어쩔 거야?"

"유미엘라 같네……."

"민폐인 낙하 행위만 보면 날 언급하는 건 좀 그만둬. 그러다가 공룡을 멸종시킨 운석에 유미엘라라는 이름까지 붙일 생각은 아니지? 나에 대한 편견이 더 심해질 거라고."

아군인 줄 알았던 패트릭이 민폐가 되는 행위를 유미엘라라고 부르기 시작했다.

아직 지금 단계에서는 헛소문 때문에 피해를 입은 사람이 나뿐이지만 '저런 파괴 행동은 보통 검은 머리인 사람이 많이 일으킨다' 라는 식으로 발전되면 진짜 차별이 될 수도 있다.

예비 차별주의자 패트릭은 날카로운 시선으로 낙하물을 노려보며 말했다.

"저건 유미엘라……가 아니네. 검은 머리를 한 사람이야."
예비 차별주의자가 진짜 차별주의자가 돼 버렸다.
패트릭은 유미엘라 말고 또 다른 검은 머리인 사람이라고 했지만 아마 그렇지는 않을 것이다.
"그럴 리가 없잖아. 하늘에서 떨어지는 검은 머리인 사람은 나밖에 없으니까."
"자기에 대한 편견이 심하지 않아?"
하늘에서 떨어질 만한 사람은 어차피 나밖에 없다.
낙하물을 다시 한번 확인하니 길고 검은 머리를 한 사람이었다. 패트릭이 발견했을 때보다 더 크게 보이니 틀림없었다.
전례에 따르면 자유 낙하를 하는 사람은 유미엘라고, 하늘에 떠 있는 사람도 유미엘라고, 여기에 있는 나도 유미엘라고…… 세 명이잖아?
우반신이 자유롭게 움직이는 나는 유미엘라(우). 날개 달린 '저것' 은 좌반신밖에 없으니 유미엘라(좌). 떨어지고 있는 사람은 반신도 아니고 양 팔다리를 필사적으로 움직이고 있었다.

수수께끼입니다. 좌반신도 우반신도 아니고 패닉에 빠져 공중 낙하 중인 유미엘라는 뭘까~요?
"저건 내가 아닌 것 같은데……?"
"그러니까 그렇게 말했잖아."
그럼 혹시 도와주는 편이 좋을까?
그렇게 생각했을 때는 이미 늦어서 정체불명의 인물은 우리의 눈앞, 왕도 도르크네스 저택 정원에 추락했다.

"저기 패트릭, 도와주는 편이 좋지 않았을까?"

"아."

멍하니 있던 패트릭이 "아." 하고 한마디 내뱉었다. 유미엘라가 아니더라도 검은 머리인 사람을 걱정하기는 어려운 모양이다. 검은 머리 차별인지 유미엘라 차별인지 모를 이 문제는 심각해 보인다.

피어오른 흙먼지 속에서 기침 소리가 들려왔다. 아무래도 살아 있는 것 같았다.

약간 괴로운 듯한 헛기침이 이어진 뒤에 들린 것은 남자 목소리였다.

"어디냐, 여긴? 무슨 일이 일어난 거지?"

그 충격에도 무사한 인물이다. 정체를 알 수 없는 이상 경계해야 한다.

우리가 다소 위기감을 갖고 지켜보는데 누런 흙먼지 너머에서 새까만 남자가 나타났다.

긴 머리는 나와 똑같은 칠흑색에 눈동자도 새까맸으며 남자이긴 하지만 얼굴의 분위기마저 나와 비슷했다. 나는 이처럼 검은 갑옷을 입은 남자판 유미엘라라고 해도 될 정도인 인물을 안다.

그 사람의 정체를 모르는 패트릭은 살짝 경계하면서 말을 걸었다.

"당신은 누구죠? 왜 하늘에서 내려온 겁니까?"

그 사람은 성가시다는 듯이 패트릭을 힐끔 쳐다본 뒤 이쪽을 보았다.

우반신밖에 움직이지 않아서 균형을 제대로 잡지 못하고 서 있는 나를 무례하게도 빤히 바라본 뒤, 좌반신밖에 없는 하늘의 '그것' 을 올려다본 그 사람은 혼자서 "과연." 하고 고개를 끄덕였다.

"이곳은 산 자의 세계인가. 저쪽의 네놈이 반신뿐인 것도 납득이 가는군."

내 좌반신은 죽어서 노을의 나라로 갔다. 미련을 남기고 죽은 자들이 모이는 그곳에는 용사라 불리던 초대 발샤인 국왕이 있다. 그렇다면 마왕이 있어도 의아할 이유는 없다.

유미엘라(좌)가 부활해서 폭주하는 바람에 휘말렸다는 건 추측했다. 하지만 그 사람의 행동 방침은 전혀 예상이 안 갔다.

또 적대할지도 모른다고 생각하며 나는 조심스럽게 입을 열었다.

"오랜만이에요. 그러니까 뭐라고 부르면 될까요? 이름으로 부르는 편이……."

"마왕이라고 불러라."

그 대답을 듣고 놀란 사람은 패트릭이었다. 정체불명의 인물을 향한 경계 등급을 최고로 올렸다.

"마왕?! 저 사람이 그 마왕이야?!"

"그렇다 청년. 본좌야말로…… 본인이야말로…… 이봐, 본좌라는 말이 이상하지 않겠지?"

갑자기 왜 그러세요, 마왕님?

의도를 이해하지 못해 굳어 있는 패트릭 대신에 마찬가지로 의도를 이해하지 못한 내가 대답했다.

"전혀 이상하지 않아요. 시대가 다르잖아요."

"본좌라는 말을 쓰는 인물이 없는 시대라면 어떻지?"

그건…… 현대 기준이라는 뜻이지? 에두른 표현에서 위화감이 들었지만, 현대에 '본좌' 라는 말투를 사용하는 사람은 드물다.

마왕이 살던 시대에는 '본좌' 라는 말을 쓰는 사람이 많았나 싶어서 언어 변환을 고민하면서도 나는 단언했다.

"이상하죠. 아무도 안 쓰는 말투를 쓰는 건 좀……."

"그렇군……."

마왕은 이상한 말을 꺼내고, 패트릭은 마왕 상대로 경계심이 최고치인 상태고.

어느 쪽이든 좋으니까 원래대로 좀 돌아와 줘. 그렇게 생각하고 있을 때, 패트릭이 평소와 같은 말투로 입을 열었다.

"유미엘라는 가끔 아무도 안 쓰는 말투를 쓰잖아?"

지금 시방 나가 이상하다는 말이여?!

우리 귀여운 남치니가 다시 딴지를 걸기 시작한 건 둘째 치고, 소인은 남 말 할 처지가 아닌지도 모르겠구려.

그럼 본좌에 관한 견해를 사죄하고 정정하겠습니다.

" '본좌' 라는 말을 써도 이상하지 않아요. '나' 를 쓰는 것만큼이나 평범해요."

“음, 그렇군.”

마왕은 만족스러운 듯이 고개를 끄덕인 뒤 검은 수첩을 꺼내 천천히 붓을 놀렸다.

몹시 낯익은 수첩이었다. 방금까지 노을의 나라에 있던 사람이 들고 있는 검은 수첩……? 설마 싶어 나도 아까 그 수첩을 열었다.

‘조금 신경 쓰이던 걸 유미유미가 신경 쓸 필요 없다고 말해 줬어!’

어? 수첩의 주인은 아마 여자애일 텐데, 설마.

마왕은 계속해서 글을 써 내려갔고, 그와 동시에 내가 든 수첩에도 글자가 생겨났다. 의혹은 확신으로 변했다.

‘유미유미가 그렇게 말해 준 건 옆에 있는 남자애 덕분이야. 다정해 보여서 조금 궁금해지는걸.’

왜 초등학생 여자애 같은 글씨체냐고 딴지를 걸고 싶었지만 그보다 먼저 해야 할 말이 있는 듯했다.

마왕의 귀엽고 동글동글한 글씨체에 나도 문장을 써서 답신했다.

‘그 남자애, 유미유미랑 사귀고 있거든? 궁금해졌다는 게 무슨 뜻이야? 제대로 설명해 줄래?’

‘그래?! 엄청 잘 어울려!’

아, 패트릭을 노리는 줄 알았는데 전혀 아니었군.

혼자 착각해서 날이 선 문자를 보내다니 미안하게 됐네. 이런 일에 관한 사죄는 직접 하는 편이 좋을 것 같아서 나는 눈앞에 있는 반 친구의 얼굴을…… 마왕님이었지.

상대는 마왕님이었고, 여긴 초등학교 교실도 아니었고, 편지를 쓴 다음 작게 접어서 돌리고 있는 것도 아니었다.

글로 나누는 대화를 전부 목격한 패트릭이 슬쩍 귀띔했다.

"마왕은 뭐랄까…… 이런 느낌이었구나. 난 만나본 적이 없어서 몰랐어."

"나도 몰랐거든. 말하는 거 들었잖아? 본좌라는 말을 당당하게 쓰는 사람이라고."

"그래서 저 사람은 어느 쪽이지? 적일까 아군일까?"

마왕이 현세로 돌아온 이유는 내 폭주에 휘말려서겠지.

의도에서 벗어난 부활이라곤 하지만 지금 저 사람이 무슨 짓을 벌일지는 예상이 가지 않았다. 왼쪽 유미엘라라는 초특급 병기도 위험한데 거기다 마왕까지 상대하기는 힘들다.

마왕은 강하다. 스펙면에서 패트릭만큼 셌던 것 같고, 살상력 면에서 어둠 마법은 너무 강하다.

나라면 대처할 수 있겠지만 마왕이 등장했다는 것은 충분히 세계의 위기라고 할 수 있다.

얼굴을 맞대고 대화를 나누는 우리에게 마왕이 말했다.

"묻고 싶은 게 있으면 그냥 물어보거라. 본좌가 듣지 않길 원하는 분별력이 있다면 차라리 본좌의 눈이 닿지 않는 곳에서 계략을 세우든지 해라."

이젠 핵심에 다가갈 수밖에 없을 듯했다.

위기는 둘로 늘었지만 나중으로 미뤄 봤자 소용없겠다 싶었는지 패트릭이 긴장감을 내비치며 질문했다.

"당신의 목적은 뭐죠? 우연이긴 하지만 되살아나서 이곳 왕도 발샤인에서 어떻게 행동할 셈입니까?"

"처음부터 그렇게 말했으면 진즉 대답했을 것을…… 어디, 네놈들은 뭐라고 대답하길 원하지?"

이건…… 어느 쪽이지?

우호적인 태도는 아니지만 발언에 따라서는 태도가 변할 수도 있을 듯한 분위기였다.

수첩과 실물 사이에도 어마어마한 차이가 있었다. 나는 수업 중에 돌리는 편지를 쓰던 콘셉트 그대로였기에 갑자기 최종 보스 같은 문답을 시도하는 마왕을 따라갈 수가 없었다.

이거 그냥 수첩으로 물어볼까……?

내가 펜을 놀리자 마왕도 자기 손안으로 시선을 떨궜다. 일련의 흐름을 통해 마왕도 수첩이 동기화된다는 걸 눈치챈 모양이었다.

'이제부터 뭘 할 예정이야?'

'유미유미한테는 말하고 싶지 않아. 왜냐하면 내 앞에서 남친이랑 비밀 얘기를 했잖아.'

'미안해. 방금 마왕이가 패트릭을 좋아하는 줄 착각하고서 이번에는 마왕이가 국가 전복을 꾀하는 줄 알았어.'

'너무해! 그런 생각을 했던 거야?! 이제 유미유미랑은 편지 안 할래. 그럼 안녕!'

자연스럽게 마왕을 '마왕이' 라고 부르는 자기를 생각하자 식은땀이 나왔지만 마왕이와의 대화는 계속됐다.

'미안! 난 제대로 얘기하고 싶어. 편지를 써 주는 친구가 없어서 엄청 외롭거든.'

'친구? 나랑 유미유미는 친구야?'

'아, 미안해⋯⋯ 우리는 방금 만난 사이였지. 친구가 아니구나⋯⋯.'

'나야말로 미안! 유미유미가 친구라고 여겨 줘서 기뻐! 미안해. 계속 기분 나쁜 태도를 취해서. 난 발샤인 왕국을 별로 좋아하진 않지만 더는 국민을 절멸시키고 국토를 초토화시키고 싶지 않아!'

마왕의 목적은 알아냈다. 그리고 글을 쓸 때는 '나' 라고 하는구나⋯⋯.

이제 슬슬 힘들어져서 수첩을 통한 필담은 그만두고 직접 말했다.

"다행이네요. 세계의 위기가 둘이 되는 줄 알고 경계했는데."

"세계의 위기가 둘이라⋯⋯. 꼭 틀린 말도 아니로군."

마왕은 머리 위에 펼쳐진 검은 날개를 올려다보며 낮은 목소리로 또 불온한 발언을 했다.

방금 친구가 된 아이와 동일 인물이라는 사실을 머릿속에서 받아들이지 못하고 혼란에 빠진 나를 곁눈질하던 마왕은 뒤이어 말했다.

"네놈의 반신의 폭주에 휘말린 건 본좌만이 아니다. 노을의 나라의 왕도 현세로 돌아왔을 것이다."

"그거 용사…… 발샤인 왕국의 초대 국왕을 말하는 거죠? 그 사람이 위험한가요?"

역시 그 사람도 와 있었나. 레문이 알려준 정보로 노을의 나라에 초대 국왕이 있다는 걸 알고 그 사람에 관해 이미 조사하고 온 참이다.

상상보다 야만적인 분위기를 풍기는 사람이었지만 세계 멸망을 꾀할 만한 인물은 아니다.

마왕 앞에서는 말할 수 없지만 초대 국왕은 마왕과 갈라선 것을 죽을 때까지 후회했다. 상상과는 다른 방향으로 많은 면에서 나빴던 국왕이지만 그렇게까지 못된 사람은 아니라고 생각한다.

"그 녀석이 노을의 나라에서 말했다. 발샤인 왕국은 잘못된 나라라고, 수많은 희생을 바탕으로 세워져서 처음부터 존재해선 안 되는 나라였다고."

"그게 나라의 위기가 되는 건가요?"

아직 이야기의 전모를 모르겠다.

나라의 존재를 부정할 만큼 후회가 컸다는 건 놀랍지만, 그래서 어쨌다는 거지? 이야기를 이해하지 못한 나에게 마침내 마왕은 이야기의 핵심인 용사의 목적을 설명했다.

"다시 말해 그 녀석의 목적은 발샤인 왕국을 멸망시키는 것이라는 뜻이다."

마왕은 분노를 표출하며 말했다.

국왕이 말년에 후회했다는 건 알았지만 되살아나기까지 해서 없었던 일로 하려 하다니 집념이 너무 대단한걸. 왕국을 없애 버리겠다니, 용사씩이나 돼서 마왕이 할 법한 짓을 하지 말라고. 진짜 마왕이 말리는 입장이 될 줄은……. 응?

패트릭도 나와 같은 의문이 들었는지 마왕에게 물었다.

"당신은 옛날에 발샤인 왕국을 멸망시키려고 했죠. 목적이 같아진 초대 국왕에게 협력하지 않고 우리에게 현재 상황을 설명하는 이유는……."

그래. 용사와 마왕은 왕국을 부수고 싶은 동료가 된 거 아닌가? 아까 수첩으로 왕국 멸망시키기는 그만뒀다고 했지만 납득할 만한 이유는 아직 밝혀지지 않았다.

가장 묻고 싶었던 것을 대변해 주는 패트릭의 목소리를 듣고 있었으나, 마왕이 그 목소리를 가로막았다.

"본좌는 이미 죽었다. 죽은 후에도 과거를 바꾸려는 그 녀석을 말리고 싶을 뿐이다."

더 이상 캐묻지 않는 편이 좋을 듯하다. 귀기가 넘치는 모습을 보니 마왕은 진심으로 그렇게 생각하는 모양이었다.

수첩으로 자세한 내용을 묻기도 꺼려졌다. 그리고 수첩의 분위기에 따라가기 힘들다.

그건 그렇고 초대 국왕이 발샤인을 멸망시키려 한다라…….

어제는커녕 오늘 아침에 들었어도 믿지 못했을 이야기다. 하지만 지금은 다르다. 초대 국왕의 인품도 어렴풋하게나마 알았고 말년에 했던 후회도 알았다.

과격한 방향으로 튀긴 했지만 동기도 납득이 간다. 그런 일을 벌일 만큼 거친 사람이라는 것도 안다.

"저희는 아까까지 초대 국왕을 조사했어요. 가까운 사람들이 고생하는 일기를 읽거나 하면서요."

"고생한 측근이라면…… 고생한 녀석이 너무 많아서 누구인지 모르겠군."

마왕이 살짝 웃었다. 어떤 감정에서 비롯된 쓴웃음인지는 알 수 없었다.

마왕은 풀어졌던 입가에 바로 힘을 주며 고개를 저었다.

"그 녀석의 방약무인함을 안들 의미가 없다."

"왕국 멸망을 막는 것과는 별로 상관이 없긴 하죠."

"그런 뜻이 아니다. 오랫동안 노을의 나라에 있던 영향으로 그 녀석은 완전히 변했다. 본질과 매우 달라져서 보고 있기 힘든 괴물이 되었지."

맞다. 노을의 나라는 그런 곳이었지.

애초에 장소의 영향이 없었다고 해도 몇백 년이나 한 가지 망집에 사로잡힌 시점에서 사람과는 동떨어진 정신 상태가 되었어도 이상하지 않다. 야만족이라 불리던 전설의 용사가 완전히 변해서 괴물이 되었다라…….

나와 패트릭은 상상할 수도 없는 괴물을 머릿속으로 그리며

침을 삼켰다. 그것을 바보 취급하듯이 마왕이 말했다.

"용사는 이미 이쪽에 있을 거다. 본좌와 마찬가지로 네놈의 반신의 폭주에 휘말렸을 테니까."

"떨어진 사람은 마왕님 한 명이었는데요?"

"아니, 네놈들이 보지 못했을 뿐이다. 그 녀석은 지금도 이곳에 있다."

발샤인 왕국을 멸망시키려 하는 건국의 용사였다가 타락한 괴물이 여기 있다고……?!

마왕의 말을 듣고 있었다고밖에 여겨지지 않는 타이밍에 그 사람이 등장했다.

그 인물은 도르크네스 저택 지붕 꼭대기에 우뚝 서 있었다.

비단결 같은 금발을 나부끼며 화려한 맞춤 군복을 입고서 장식이 적절히 달린 장검을 뽑아 든 그 사람은 늠름한 목소리로 우리에게 외쳤다.

"지금이야말로 모두의 힘을 합칠 때야. 나는 왕으로서 재난으로부터 이 세계를 지키겠어!"

누구세요? 국왕님은 국왕답지 않을 텐데, 지금은 무척 국왕답다.

머리라든가 풍채라든가 태도라든가 많은 면이 유감스럽게 나빴던 국왕님이 사후에 더욱 악화한 줄 알았는데……. 누구야, 이거? 다른 분이세요?

모르는 사람의 등장에 나와 패트릭이 당황스러워하는데 국왕다운 사람이 늠름한 얼굴로 우리에게 말을 걸었다.

"이렇게 되면 적도 아군도 상관없어. 모든 장벽을 허물고 지금은 협력하자!"

정말 국왕답네……. 하지만 발샤인 초대 국왕답지 않아…….

본인임을 확인할 수 있는 마왕을 보니, 마왕은 명백히 얼굴을 찌푸리고 있었다.

"너, 발샤인을 없애겠다는 야망은 어떻게 된 거냐?"

"죄 없는 많은 사람이 위기에 빠졌어. 내 사정을 신경 쓸 때가 아니야. 너도 꼭 협력해 줬으면 해."

되다 만 국왕은 그렇게 말하며 고개를 깊이 숙였다. 숙적이 저자세로 나오는 것을 본 마왕님은 엄청난 기세로 수첩에 글을 휘갈겼다.

'유미유미 도와줘! 저 사람 완전 자기 멋대로잖아! 무서워!'

초대 국왕은 노을의 나라에서 변했다고 마왕이 말했다. 그 말대로 초대 국왕은 완전히 변한 듯했다.

그래서 나는 저 국왕다운 사람이 진짜로 국왕님인지 알 수 없었다. 정말 애처로운 모습으로…… 애처로운가?

"정상적으로 변했으면 좋은 거 아닌가요?"

"좋지 않다! 저건…… 이상하다고!"

마왕의 수첩과 현실의 반응이 처음으로 일치했다. 그 정도로 싫구나.

예전 모습을 알면 받아들이기 힘들겠지만 나에게는 오히려 좋은 기회로 느껴졌다. 위험한 게 둘이거나, 위험한 것 플러스 그것의 대처에 협력적인 사람이거나. 후자가 훨씬 낫다.

패트릭에게도 동의를 구했다.

"이쪽이 더 낫지?"

"어느 쪽이냐 하면……."

어라? 왼쪽 유미엘라 토벌대가 늘었는데 패트릭은 말끝을 흐렸다.

우리의 대화를 듣고 용사는 만족스럽게 고개를 끄덕였다.

"함께 싸울 수 있어서 기뻐. 유미엘라와…… 네 이름을 듣지 못했네."

"패트릭 애시버튼입니다."

공동 전투를 앞두고 자기소개를 마쳤으나…… 갑자기 용사가 후방으로 뛰어 물러났다. 검에 손까지 올렸다.

"애시버튼?! 무, 무슨 용무로 온 거지?!"

국왕답게 여유롭다가 갑자기 평정심을 잃어버린 용사에게 당황하는 사이, 마왕도 패트릭에게서 거리를 뒀다. 그리고 용사의 등 뒤에 숨어 버렸다.

"왜 날 방패로 삼는 거야?! 아무리 나라도 애시버튼과의 싸움은 피하고 싶다고!"

"애시버튼을 화나게 한 건 네놈이지 않나! 왕이라면 책임 정도는 져라!"

용사와 마왕은 서로 등을 떠밀며 자기만 살려고 애쓰기 시작했다. 사이좋구만.

그건 그렇고 별일이네. 나와 패트릭이 같이 서 있는데 패트릭만 두려워하는 상황은 처음 아닌가.

아마 두 사람은 당시의 애시버튼 변경백에게, 즉 패트릭의 선조님에게 겁먹은 거겠지.

먼 옛날에 돌아가신 분이니까 무서워할 필요는 없다. 그렇게 설명하려고 했을 때, 마왕이 사실을 깨달은 듯했다.

"음……? 우리 시대의 애시버튼 공은 이미 없는 것 아닌가?"

"정말이네! 역시 내 최고의 가신이야."

"네가 지레짐작하는 바람에 본좌까지 놀라지 않았나. 좀 더 머리를 써라."

국왕다운 위엄이 흘러넘치는 외모를 한 용사였으나 캐릭터가 살짝 무너지기 시작했다.

마왕도 여전히 가까운 거리에서 자연스럽게 대화하는 걸 보니 당시의 그들과 조금 가까워진 걸지도 모른다.

패트릭은 선조님이 무서운 사람 취급받았지만 별로 신경 쓰는 기색 없이 용사와 마왕에게 말을 걸었다. 이상한 사람에 대한 대응력이 대단한걸.

"재난으로부터 이 세계를 지킨다……고 하셨죠? 저희도 목적은 같지만 수단에 따라서는 협력하지 못할 수도 있습니다."

"네 말도 이해해. 하지만 왕은 최대한 많은 국민의 행복을 추구하는 법이야. 난 수단을 가릴 수 없는 위치에 있어."

갑자기 또 국왕다워진 느낌이 든다. 초대 국왕이 패트릭과 대화를 시작한 순간 마왕이 벌레를 씹은 듯한 얼굴이 된 걸 보니 아까는 잠깐이나마 원래의 분위기를 되찾았던 모양이다.

그러는 동안에도 검은 머리가 아닌 두 사람의 대화는 계속 이어졌다.

"하늘에 떠 있는 저건 유미엘라입니다. 저는 힘으로 제거할 수 없어요."

"너에게는 소중한 사람이라도 이 나라를 위협하는 존재임은 명백하니까……."

대화가 그렇게 흘러가고 있었나. 나는 패트릭만큼 나를 걱정하지 않아서 눈치채는 게 늦었다.

용사가 말하는 동안 두 사람이 '나를 해치울지 말지'로 의논한다는 걸 깨달았는데, 용사의 말이 도중부터 수상해졌다.

"하늘에 떠 있는 저건 수단을 가리지 않고 막아야 해…… 안 돼. 그럼 똑같아지잖아."

"똑같아진다고요?"

"그래. 난 모든 걸 구하는 완벽한 왕이야. 모든 사람을 행복하게 하지 않으면 의미가 없어. 사악한 괴물로 전락한 사람이라도 구하지 못하면 나는 같은 실수를 되풀이하는 거야……."

위험한데. 무슨 논리인지는 잘 모르겠지만 패트릭뿐만 아니라 용사까지 왼쪽 유미엘라 옹호파가 될 기세다.

용사의 말대로 저런 건 사악한 괴물이니까 해치워서라도 무조건 막아야 하잖아. 하지만 괜찮아, 우반신인 내가 더 세니까!

"해치우는 편이 나아요! 본인이 하는 말이니까 틀림없어요."

"하지만 나는……."

"괜찮다니까요. 한 방 먹이면 원래대로 돌아올지도 모르잖아요."

"그런가…… 그래. 최악의 결말이 될 거라고 정해진 것도 아니니까. 왕으로서 희망을 버리지 말고 끝까지 발버둥 쳐야지!"

장하다, 용사님! 왼쪽 유미엘라를 요격하기 위해 불타오르는 원래의 반짝이는 국왕님 스타일로 돌아왔구나.

이제 남은 문제는 패트릭이다. 패트릭은 여전히 결사반대하는 자세로 나에게 내 토벌을 반대하자고 호소했다.

"네 반신이잖아! 대처를 잘못하면 유미엘라는 영원히 좌반신이 움직이지 않을 거라고."

"패트릭. 침착하게 생각해 봐. 지금 여기에 있는 나랑, 위에 떠 있는 나…… 어느 쪽이 더 좋아?"

"어느 쪽이 더 좋냐니, 그런……."

패트릭은 지금도 검은 날개를 확장하는 나를 올려다보고, 반신이 움직이지 않는 것 외엔 평소와 똑같은 나를 바라보고, 다시 강림한 사신으로만 보이는 나를 올려다보고, 외모도 사람이고 평범하게 대화도 가능한 나를 바라보고…….

시선을 오르락내리락하며 내 좌반신과 우반신을 번갈아 보던 패트릭은 마침내 입을 열었다.

"둘 다 유미엘라야……."

"그 침묵이 대답이겠네."

패트릭은 거대 로봇이나 거대 괴수 이야기에 흥분하지 않는 사람이니까 분명 내 쪽이 더 취향이겠지. 한마디 더 보태자면 하늘에 떠 있는 '저것'을 선택한 경우에는 세계가 멸망한다는 덤이 붙는다.

패트릭은 한참을 고민한 끝에 작게 흘리듯이 말했다.

"뭐, 유미엘라가 간단히 죽을 것 같지도 않고."

"그렇지! 내 일은 걱정해 봤자 손해야."

내 입으로 말하고 조금 슬퍼졌지만 틀림없는 사실이니 어쩔 수 없다.

패트릭의 설득을 끝냈다. 뒤이어 용사가 마왕에게 말했다.

"너는 어때? 같이 싸울 거지?"

"할 수 있는 일은 하마. 평소와 다를 것도 없지. 네 언동에는 소름이 돋는다만."

용사가 하려는 일은 전부 반대할 것 같던 마왕은 바로 승낙했다. 발샤인 왕국이 멸망하는 것 외에는 별로 신경 쓰지 않는지도 모른다.

엄청난 전력을 가진 네 사람이 뭉쳐 공동 전선이 완성됐다.

기묘한 멤버를 돌아보고 나니, 하늘을 올려다보던 패트릭의 표정이 험악하게 변해 있었다.

"왜 그래?"

"떨어지고 있는 것 같지 않아……?"

어? 떨어진다고?

패트릭의 말을 들은 순간, 모두가 폭주하는 유미엘라를 올려다보았다. 듣고 보니 뭔가 가까워지는 듯하기도 하고……?
애초에 날개를 포함해서 너무 거대한지라 원근감이 애매……
아?! 역시 떨어지고 있네!

"이쪽으로 오고 있잖아!"

거의 우주쯤 되는 곳으로 나가서 해치워야 하는 녀석일 줄 알았는데 아니었다. 외형을 이용해 잘못된 해석을 노리다니, 역시 약한 쪽 반신이라고는 하지만 나로군.

완전히 속았는걸. 우주에서 떨어지는 걸 뛰어서 손으로 받아내야 하는 식이다. 그런데 대처하기는 이쪽이 더 편하지 않나?

"우주에 가지 않아도 되는 만큼 이쪽이 더 편하지 않아?"

별생각 없이 내뱉은 내 발언은 세 방향에서 부정당했다.

"네놈 제정신이냐? 저게 지상에 내려오는 것만으로도 얼마나 많은 사람이 죽는지 아느냐?"

"나도 그렇게 생각해. 지표에 일부라도 닿은 시점에 끝이야."

"완전히 떨어지기 전에 뭐라도 하는 게 무난하겠지."

다들 일단 저게 나라는 건 알고서 말하는 거지?

뭐, 그건 그런가. 나도 지상에 낙하한 시점에 게임 끝이라고 생각한다. 뛰어가서 손으로 받아내면 되는 종류가 아니었다.

이쪽에서 먼저 요격해야 하려나.

내 우반신은 확실히 지표와 가까워지고 있었다. 크기 때문인지 낙하 속도가 느리게 보여서 점점이 떠 있는 구름보다는 높다는 걸 알 수 있는 정도다.

여유 있게 구름 정도 높이일 때 처리하고 싶은데…….

"이 중에서 하늘을 날 수 있는 사람 있나요?"

용사와 마왕은 곤란한 듯이 얼굴을 마주 보았다. 둘 다 못 나는 건가. 류가 없는 게 아쉽다.

유일하게 제대로 된 비행 수단이 있는 패트릭이 손을 들고 말했다.

"제 바람 마법으로 모두를 날릴 수는 있습니다. 공중에서 발판도 만들 수 있을 거예요."

우리 넷 근처에 부유하는 흙 블록이 출현했다.

정성스럽게 입방체로 형성된 그 블록에 용사가 가볍게 뛰어올랐다.

"발판으로 쓰기엔 충분해. 하지만 이걸로는 힘들지도 몰라."

뭐야, 용사? 패트 씨의 마법에 뭐 불만이라도 있다는 거야?

다 같이 공중 전투를 하려면 바람 마법만 써서는 힘들다. 바람만으로 날아간 적이 있긴 하지만 그러면 발동자, 즉 패트릭의 의사에 따라서만 움직일 수 있다. 각자 능동적으로 공중에서 움직이려면 부유하는 발판을 계속 점프해서 이동하는 수밖에 없다.

하늘을 나는 것과는 다른 느낌일지도 모르지만 방법은 하나뿐인걸.

그런 구체적인 설명을 듣기도 전에 용사가 뒤이어 걱정되는 점을 말했다.

"아무것도 없는 곳에 흙을 만들어내는 것만으로도 상당한 마력이 소비되잖아? 거기다 바람까지 둘러서 하늘로 띄워야

해. 그럴 바에야 처음부터 바람 마법만 쓰는 편이 나아."

아니, 이걸 잔뜩 만들어서 뛰어다니면 된다니까.

왜 한 명당 한 개씩만 준비되는 걸 전제로 하는 거지?

보여주는 편이 빠를 테니 실제로 시연하자. 나도 발판 블록에 기어 올라간 다음 패트릭에게 시선을 보냈다.

"유미엘라가 할 필요는……."

"괜찮아, 괜찮아."

반나절 정도 우반신만 움직이는 상태로 있었더니 어느 정도 익숙해졌다. 아까까지 넘어져 있던 건 왼쪽 팔다리를 사용하는 걸 전제로 움직였기 때문이다.

반신뿐이라 해도 나는 유미엘라 도르크네스. 익숙해지기만 하면 멀리뛰기 정도는 쉽다.

반신반의하는 패트릭을 설득하는 시간이 아까워서 나는 대답을 기다리지 않고 아무것도 없는 공중으로 뛰어올랐다.

그러자 공중에 무수한 흙덩이가 나타났다. 적절한 간격을 두고 뛰어다니기에는 딱 좋다.

오른 다리로 발판을 디디고 두 번째로 점프. 오른팔로 적당한 위치에 있는 흙을 붙잡고 팔심으로 방향 전환 플러스 가속.

나는 한쪽 팔다리만 사용해서 공중을 3차원적으로 이동했다.

끝으로 착지. 접점이 하나밖에 없으면 균형을 잡기 힘드니 팔다리를 사용해서 사족보행…… 이족보행? 하는 자세로 지면에 내려섰다.

이동부터 착지까지 마치 원숭이 같긴 했지만 어떻게 움직이면 되는지는 용사에게 설명됐겠지.

"이렇게 하는 거예요."

"벌레 같아서 대단했어……."

뭐, 벌레?! 나비같이 화려했다는 뜻인가? 뛰어다니니까 메뚜기려나? 뭐, 나한테 메뚜기 개조 인간 같은 면이 있긴 하지.

"무슨 벌레요?"

"바퀴벌레."

그렇구나. 아름다운 걸 보고 뭘 느끼는지는 사람마다 다른 법이니까. 감성도 다양한 편이 좋으니 노코멘트 하겠습니다.

용사는 거북한 듯이 나에게서 시선을 거두고 지금도 공중에 떠 있는 발판들을 올려다보았다.

"그건 그렇고…… 놀랍네. 마력 소비가 극심한 마법을 이렇게 병행해서……."

뭐 그렇죠. 패트릭이 좀 대단하거든요. 모두를 위한 발판을 준비하면서, 지휘도 내리면서, 자기도 최전선에서 싸우면서 한 손으로 연말정산도 할 수 있다고요.

"이걸 여러 명 몫으로 만들면 전 전투에 참가할 수 없습니다. 질문이 있으면……."

"저요! 연말정산은 가능한가요?"

패트릭은 내 질문을 완전히 무시했고, 마왕도 딱히 아무 말 없이 흘려 넘겼다.

내 발언이 막혀서 질문이 없어진 관계로 언제든지 출발할 수 있는 상황 속에서 용사는 허리춤에 찬 장검을 뽑아 들고 드높이 소리쳤다. 그 칼끝은 하늘을 향해 뻗어 있었다.

"그럼 가자. 나라를 위해 검을 휘두른 적은 수도 없이 많지만, 세계를 위하는 건 처음이야!"

"음……? 뭐? 나라를 위해……? 넌 네가 하고 싶은 대로 마음껏 날뛰었을 뿐이잖나?"

마왕이 당황하거나 말거나 작전은 시작됐다. 패트릭은 시간이 아까운지 바람 마법을 발동했다.

마력을 절약하는 면에서 봐도 일정 고도까지는 바람 마법만으로 날아가는 게 효율적이다.

몸이 멋대로 들리더니 하늘로 올라가기 시작했다. 위쪽으로 흐르는 바람을 몸에 휘감으니 마치 낙하하는 것처럼 느껴졌다. 신기한 감각이었다.

바람 마법 중에서도 상당한 고등 기술……이라고 할지 거의 곡예를 하는 수준이라서 체감한 적이 있는 사람은 적을 것이다. 하지만 역시 용사와 마왕. 놀라는 기색은 없었다.

마왕님 쪽은 원래 표정에 변화가 없으니 속으로는 깜짝 놀랐을지도. 그렇게 생각해서 시선을 돌리자 마왕은 뭔가를 중얼거리고 있었다.

"외모가 멀끔해져도 고상한 척해도…… 고집스러운 면은 변하지 않는군."

혹시 '마왕이는 용사 군을 좋아하는 거야?' 라는 말은 집어

삼켰다. 쑥스러워하는 초등학생 여자애에게 반론당해 일이 성가셔질 게 눈에 훤했다.

그리고 마침내 폭주한 왼쪽 유미엘라와 가까워졌다.

세계의 위기에 맞서는 파티 멤버는 네 명이다. 용사와 마왕과 히든 보스…… 그리고 패트릭.

"패트릭이 휘말린 느낌이 강하지 않나?"

"실제로 휘말렸잖아."

패트릭은 자기만 그렇다는 태도로 말했지만, 사정에 휘말린 건 나도 마찬가지다. 저도 피해자거든요!

아, 용사와 마왕이 현세에 온 건 왼쪽 유미엘라가 원인이었지 참…….

피해자라느니 가해자라느니 뭐든 흑백으로 나누려는 짓은 그만두자. 이 세상에 명암이 극명하게 나뉜 것은 많지 않다.

지금 확실한 점은 이대로 가다간 세계를 멸망시킬 만큼 왼쪽 유미엘라가 위험한 절대 악이라는 것뿐! 왠지 내가 절대적인 가해자로 느껴지기 시작했다. 부정적인 사고는 좋지 않다. 긍정적으로 생각하자, 긍정적으로.

"저거 진짜 나 맞아? 내가 저렇게 사악한 느낌은 아니잖아?"

"이제 와서 현실도피 하는 건 그만둬."

패트릭이 신랄한 한마디를 내리꽂은 타이밍에 나와 관련 없는 미확인 비행물체가 어떤 움직임을 보였다.

경계한 패트릭은 올라가기를 일단 멈추고 공중에 머물기를 택했다.

*왼쪽 유미엘라의 등에서 다수의 널빤지 같은 게 사출됐다. 다 해서…… 열두 장인 그것은 아마 30cm 정도에…… 아, 'ㄷ' 자 모양으로 변형됐어! 변신 로봇처럼 철컹거리면서 변형됐어!

본체에서 분리됐는데 떨어지지도 않고 의지가 있는 것처럼 공중을 돌고 있다. 왠지 엄청나게 낯익다.

"패트릭 미안해. 저건 무조건 나야."

보아하니 저건 마력 덩어리인 듯한데 일부러 변형시킨들 수고만 더 든다. 그냥 처음부터 'ㄷ' 자 모양으로 만들면 되는데.

기존 애니메이션을 흉내 낸 나일 확률이 99퍼센트다. 누가 봐도 멋있는 저걸 혼자서 생각해 낸 나와는 별개의 천재일 가능성이 1퍼센트 정도일까.

내 태도가 갑자기 변하니까 패트릭이 의문스러운 목소리를 냈다.

"왜 이제 와서 인정하는 거야?"

"일부러 멋있게 하는 게 나다워서."

"핀셋 같은데…… 저게 멋있나?"

패트릭은 이해 못 하겠다는 듯이 고개를 갸웃거리며 말했다.

99퍼센트 나였던 '저것'이 100퍼센트로 내가 된 순간이었다.

"유미엘라는 저게 뭘 하는 건지 알아?"

*애니메이션 '기동전사 건담' 시리즈에 등장하는 날아다니는 무선식 유도 병기의 일종으로 '핀 판넬'이라고 부른다.

“드론처럼 돌아다니면서 입자포를 쏘거나 세 개가 합쳐져서 배리어가 되거나…… 할걸.”

“드론……?”

머리핀 같은 모양이니 이제부터는 저걸 ‘핀’이라고 부르겠습니다.

설명하는 동안에도 핀을 조종하는 왼쪽 유미엘라는 행성을 박살 내기 위해 땅을 향해 낙하했다.

제일 먼저 움직인 사람은 용사였다.

뛰어오른 용사에게 모든 핀이 들이닥쳤다. 열두 기의 핀은 중력과 공기 역학을 무시하고 제각기 의사가 있는 것처럼 복잡한 궤도를 그렸다.

전후좌우뿐만 아니라 위아래로도 움직여서 3차원적으로 용사의 포위망을 형성했다. 그러게 혼자서 뛰쳐나가지 좀 말지…….

이 포메이션을 보니 핀에서 빔이 나오는 건 확실할 듯했다. 그러니 구하지 않으면 위험하다.

움직이려고 할 때 마왕이 손으로 제지했다.

“가세할 필요는 없다.”

저런 수준의 전방위 공격을 피하기란 절대로 불가능하다. 나라면 공격을 최대한 피하면서도 맞는 걸 전제로 움직이겠지. 하지만 그건 내가 내구력과 회복력을 구사한 좀비 전법을 쓸 수 있어서고…… 용사는 한 발만 맞아도 목숨이 날아갈 수 있다.

마왕이 나를 붙잡는 사이 모든 핀에서 마력이 흘러나왔다. 아마 공격 예비 동작일 것이다. 마력량으로 보아 용사가 한 발만 맞아도 무조건 즉사하겠다는 확신이 들었다.

옛 파트너가 하는 말이라서 지켜보고 있었지만 역시 구해야겠어.

이번에는 용사에게 제지당했다. 즉사급 공격에 완전히 포위당했는데도 용사는 나와 눈을 마주치며 괜찮다는 듯이 고개를 끄덕였다.

마침내 각각의 핀에서 검붉은 광선이 발사됐다.

핀 열두 기는 첫 번째 공격이 용사에게 도달하기도 전에 위치와 각도를 바꿔서 두 번째 공격을 감행했다. 그리고 세 번째로 조정한 뒤 또 빔을 쏘았다.

"진짜 유미엘라 맞아?! 공격 방법이 너무 정밀한데!"

패트릭 씨도 이 공격 방법에는 깜짝 놀란 모양이네요. 아마 제 좌반신은 그냥 애니메이션을 흉내 낼 뿐일걸요.

이런 건 절대로 못 피해. 이대로 가다간 용사가 죽을 거야…… 이미 죽었나.

공격이 몸에 닿으려는 순간, 용사는 공중에서 한 바퀴 돌았다.

그리고 빗나간 공격을 맞아 너덜너덜해진 발판을 박차고 다시 위로 올라갔다.

"어, 피했다고? 전부……?"

"저 정도도 안 되면 곤란하지."

마왕은 당연하다는 듯이 고개를 끄덕이며 말했다.

아니, 무리잖아. 사방에서 36갈래로 사격이 들어오는 건데?

시간차도 있기 때문에 절대적인 안전권이란 없다. 0.1초 만에 시시각각 변하는 공백 지대를 누비며 움직인 모양이다.

왼쪽 유미엘라도 이런 경우는 상정하지 못했는지 사격하던 손을 멈췄다. 마무리가 허술한 점도 역시 나답다.

패트릭이 만드는 발판을 밟고 뛰어오른 용사는 본체보다 먼저 그 주위를 둘러싼 핀을 줄이려는지 핀 한 기에 급속도로 접근했다.

노려진 핀에서 빔이 몇 번이나 발사됐지만, 아까 있었던 일제 사격을 모조리 피한 용사에게 맞을 리가 없었다. 주위 핀들의 수호도 무의미했다.

"우선 하나."

용사의 중얼거림과 함께 오른손에 들린 장식이 과하게 많은 검이 빛을 내기 시작했다.

저거 빛 속성을 두른 성검이었구나. 용사는 용사에게 걸맞은 무기를 훌륭하게 다루며 어려움 없이 핀 한 기를 파괴했다.

충분한 신체 능력, 탁월하게 넓은 시야와 전투 센스, 빛 속성의 강력한 검격…… 역시 용사는 어둠 속성을 상대로 너무 강하다. 용사의 전투력은 원작 게임 '빛마용'의 용사 파티를 아득히 웃돌았고, 마왕도 일대일로 압도할 만한 힘을 가졌다.

남은 핀은 모였다가 흩어지기를 반복하며 움직임에 변화를 줘서 용사를 농락하려 했다. 그러나 그런 잔재주가 통할 사람이 아니었다.

용사가 중얼거리는 숫자는 점차 높아지더니 마침내 모든 핀을 격추했다. 가세해야겠다는 생각조차 안 드는 솜씨였다. 열두 기의 핀이 전멸했다고?! 3분도 안 걸렸잖아.

본체를 둘러싼 핀을 전부 해치우고도 용사는 멈추지 않았다. 다음은 왼쪽 유미엘라 본체였다.

날개 크기만큼 가동 부위가 커져서 움직임이 느릿했다. 다가오는 천적을 요격할 여유도 없이 왼쪽 유미엘라는 용사의 일격을…….

"막혔나."

성검의 끝은 왼쪽 유미엘라 바로 앞에서 멈춰 있었다. 왼쪽 유미엘라 주위에 결계가 발생했기 때문이다.

결계는 사각뿔 모양이라고 표현해야 할까. 피라미드 같은 형태의 배리어가 전개되었다. 본체인 네가 배리어를 치는 거였냐.

용사의 일격은 결계를 관통했다. 그러나 위력이 줄어들어서 본체에 닿기 전에 움직임이 멈추는 정도였다.

배리어의 찢어진 부분은 곧바로 복구되기 시작했다. 용사는 빠르게 판단해 검이 빠지지 않기 전에 후퇴 및 낙하해서 잠시 거리를 두었다.

예전에 엘레노라네 아버지가 교회에서 훔친 빛의 결계와 닮았다. 그 결계에는 나도 제법 고생했었지.

성검의 공격도 막히고 구멍도 바로 메워진다면 공략법은 제한된다. 그야말로 공간째로 삭제하는 수밖에…….

"저건 제가 아니면……."

"한 번 더!"

드디어 내 차례인가 했으나 용사는 내가 가세하기를 기다리지 않고 다시 뛰쳐나갔다.

곧바로 재생하는 배리어는 위험하다. 어떻게든 구멍을 뚫어도 닫히기 전에 저쪽으로 파고들어야 하기 때문이다. 실제로 나는 그 결계에 팔이 잘려 나간 적이 있다.

용사는 뒤돌아보지 않았다. 앞만 보고 곳곳에 배치된 발판을 따라 속도를 높였다.

배리어와 가까워져도 용사는 움직임을 멈추지 않았고 대처하는 기색도 보이지 않았다. 이대로 가다간 배리어와 격돌할 텐데. 난 모른다? 난 아무것도 못해 준다?

"블랙홀!"

배리어의 평면을 무시하고 검은 입방체가 나타났다.

내가 돌파할 방법으로 제일 먼저 떠올린 어둠 속성 최상위 마법 블랙홀. 사용할 수 있는 사람은 히든 보스인 유미엘라 도르크네스, 그리고…….

용사는 앞을 본 채 또 다른 블랙홀 사용자에게 말했다.

"너라면 맞춰 줄 거라고 믿고 있었어."

“네 무모한 짓에 몇 번이나 대응했다고 생각하는 거냐?”

시시하다는 듯이 코웃음을 친 마왕은 어느샌가 용사를 뒤쫓고 있었다.

그리고 용사는 블랙홀이 사라지고 배리어가 부활할 때까지의 짧은 시간을 정확히 노렸다.

“나만의 힘이 아니야. 이건 나와 최고의 신하, 두 사람의 일격이다!”

용사와 마왕의 호흡이 맞아떨어진 콤비네이션은 마침내 왼쪽 유미엘라의 본체에 닿았다.

둘에게 호응하듯이 성검의 빛이 더욱 밝아졌다. 그림자가 된 마왕 덕분에 용사의 빛이 몇 배로 돋보였다.

아아. 대단한걸, 용사. 어둠조차 아군으로 끌어들인 용사의 빛은 유미엘라 도르크네스를 타도할지도 모른다.

용사의 최후의 일격은 확실히 유미엘라에게 닿았다.

닿았다. 그리고…….

“설마 상처 하나 없을 줄이야…….”

왼쪽 유미엘라는 아무것도 하지 않았다. 아무것도 할 필요가 없었다. 정면으로 받아내도 상처 하나 나지 않았으니까.

용사는 확실히 강했다. 하지만 왼쪽 유미엘라가 전혀 진심을 내지 않았다는 것도 사실이다.

"놀아날 뿐이었나."

용사가 자조했다.

죄송합니다. 아마 진짜로 놀고 있었을 뿐일 거예요. 용사님을 바보 취급하려던 게 아니라 그냥 자기가 재밌어서 논 거예요. 어린애의 소꿉놀이에 강제로 끌려다니신 거예요.

면목이 없다. 용사는 분명히 강했지만 왼쪽 유미엘라가 전혀 위협이라고 느끼지 못한 것도 사실이다.

만일 용사가 위협이 됐다면 아무리 공격을 잘 피해도 절대로 이동할 수 없는 범위를 통째로 날려 버리고 끝났을 것이다. 반신뿐이라도 나라면 가능하다.

하지만 의미는 있었다.

상대는 되지 않았지만 왼쪽 유미엘라는 의식이 용사에게 가 있었다.

용사의 일격이 통하지 않은 지금 왼쪽 유미엘라에게 대항할 수 있는 건 동격의…… 아니, 좌반신 따위보다 훨씬 강한 존재뿐이다. 그 세계 최강의 존재가 왼쪽 유미엘라의 위쪽을 차지할 시간을 용사가 벌어 주었다.

검은 날개 틈새로 위를 올려다보는 용사와 아래를 내려다보는 내 눈이 마주쳤다.

"부탁한다, 네가 세계를 구해 줘."

용사가 만든 빈틈을 이용해 우회한 나는 왼쪽 유미엘라 바로 위까지 와 있었다.

위치적인 우세는 역전됐다. 그 주역인 용사가 나에게 희망을 맡겼지만, 지금은 세계고 뭐고 아무래도 상관없다.

"내가! 우반신이 더 강해!"

유미엘라의 좌반신VS우반신.

내가 이겨 주마!

9장 히든 보스(?), 배웅하다

내 우반신이 이겼다. 다시 말해 노을의 나라에 갔던 내 좌반신의 대승리라는 뜻이다.

어라……? 나는 계속 살아 있었고 왕성 지하에서 용사의 정보를 모으던 쪽이니까 우반신이고, 용사와 만나고 고양이 귀 아저씨 형제를 배웅한 쪽이니까 노을의 나라에 갔던 좌반신이고…… 응?

유미엘라의 좌우 대결을 제지한 건 나였지만, 내가 우반신이었나? 좌반신이었나?

양팔로 팔짱을 끼고 기억을 더듬었다. 아침에 일어났을 때 우반신밖에 움직이지 않았으니 나는 우반신이 틀림없고, 노을의 나라에서 좌반신뿐이라고 판명됐으니까 나는 좌반신이다.

응……? 왜 모르겠지. 방금 내가 뭘 하고 있었는지 떠올리기만 하면 되는데.

그러고 보니 여긴 어디지? 주위를 인지하지 못할 만큼 머리가 멍한 상태였다. 정신이 번쩍 들어 확인해 보니 나는 패트릭의 품 안에 있었다. 눈부신 저녁노을을 받으며 공주님처럼 안긴 채 둘이서 낙하하는 중이었다.

아, 패트릭이 있네. 안 오랜만이야.

"나 진짜로 죽은 줄 알았어……. 패트릭이랑 더는 못 만날까 봐 불안했어."

"유미엘라의 좌반신인가……?"

"아니, 나는 우반신 쪽. 아침부터 같이 있었잖아? ……다시 만날 수 있어서 다행이야."

"어느 쪽이야."

죽어서 못 만날 줄 알았던 패트릭이다! 아침에 일어났을 때 없었고 지금은 저녁이니까 하루도 채 안 지났을 텐데. 그래도 재회해서 정말 기쁘다. 양팔로 패트릭을 끌어안았다.

양팔로 매달리니까 패트릭과 재회했다는 게 실감이 나…… 양팔?

"양쪽이 다 움직이네! 왜지?"

"두 유미엘라가 싸우다가 서로가 서로를 흡수하듯이 한 명으로 돌아왔어."

상황을 이해하지 못한 나에게 패트릭이 정확하게 설명했다.

융합이랄지 합체랄지, 2등분 됐던 나는 한 명으로 돌아온 모양이다. 그래서 몸이 양쪽 다 움직이는 거구나.

너무 꼭 붙어 있어도 부끄러우니 끌어안기를 그만두자 패트릭이 진지한 눈빛으로 나를 보았다.

"원래대로 돌아온 건 다행인데…… 양쪽 기억을 다 가지고 있는 거야?"

"우반신과 좌반신, 양쪽의 기억이 있어. 그래서 계속 이상한 소리를 했던 걸지도 몰라."

아까부터 생각도 말도 오락가락했던 건 두 가지 기억이 공존해서 생긴 혼란이 원인이었다.

노을의 나라에 가서 용사와 마왕과 만난 좌반신도, 용사의 정보를 모으다가 요격대가 된 우반신도 모두 나다. 둘 다 내 기억이고 둘 다 내 인격이었다.

양쪽의 기억이 합쳐진 지금 이 사건을 다시 되돌아보니…… 다방면으로 상당히 민폐를 끼쳤다. 폭주해서 날개를 만들어낸 좌반신도 잘못했지만, 좌반신 시점에서 보면 원인은 우반신이라고? 사상 최대의 좌우 싸움 때문에 세계가 위험할 뻔했다.

부끄럽지만 완전체로 돌아왔습니다.

"이번에는 많은 폐를……."

"다시 유미엘라와 만나서 다행이야. 혼자서 불안하지는 않았어?"

내 사죄 회견은 예상치 못한 한마디에 중단됐다.

그런 감동적인 재회 장면이 아니잖아. 패트릭 시점에서는 재회가 아니고, 내 시점에서도 반은 그렇다.

"아침부터 계속 같이 있었는걸?"

"오랜만에 만난 유미엘라이기도 하잖아?"

"그건 그렇지만 굳이 말할 필요까진……."

왼쪽 뺨에 위화감이 들어서 오른손으로 만져 보니 젖어 있었다. 왼쪽 눈에서만 눈물이 흘러나오고 있었다.

"고마워. 다녀왔어 패트릭."

◆ ◆ ◆

패트릭의 품에 안긴 채 지상으로 내려왔다.

하늘의 위협도 모습을 감추고 왕도의 혼란은 수습되고 있는 듯했다.

오랜만에 두 다리로 땅을 내디디며 나는 궁금했던 것을 물어봤다.

"패트릭, 아까 말투로 보니 내 좌우가 합체하기 전에 조금 싸운 것 같은 분위기던데…… 어떤 배틀이었어?"

"그렇게 오래 싸우진 않아서 잘 기억이 안 나."

좌우 유미엘라가 충돌하는 순간마저 잊어버리다니 말이 돼?

패트릭이 숨기려 하는 무언가를 캐물으려 했을 때, 마침 돌아와서 근처에 착지한 용사가 말을 걸었다.

"세계를 구해 줘서 고마워. 네가 싸우는 모습은 압권이었어."

"덕분에 좌우가 하나로 붙은 것 같아요."

내가 강하다는 걸 증명하려고 끼어들었을 뿐이고, 애초에 세계의 위협은 나였던지라…… 세계를 구해 줘서 고맙다는 말을 들어도 받아들이기 민망하다.

겸손 떨듯이 대답해 봤자 대화하는 과정에서 내가 저질러 놓고 내가 수습했다는 칠칠치 못함이 강조될 뿐이겠지. 세계에 관해서는 언급하지 않고 용사와 대화를 이어갔다.

"다행이다. 원래대로 돌아왔구나."

"그런데 제가 싸우는 모습이라니요?"

"사람이라고는 믿기지 않는 흉악함이었어."

"폭주한 좌반신 쪽이요?"

"양쪽 다."

그렇구나. 패트릭이 언급을 꺼릴 만한 수준의 격투가 있었나.

스타일리시하고 멋있는 계열의 배틀이 아니라 유혈이 낭자한 코즈믹 호러 데스매치 계열 배틀이었을 듯한 기분이 드니 자세히 묻지는 말자.

내가 어쨌는지는 제쳐두고 일단 한 건 해결됐다. 결과만 보면 원래대로 돌아왔으니 완벽한 해피 엔딩이다. 이완된 공기가 감도는 와중에 용사가 문득 중얼거렸다.

"자 그럼, 세계의 위협은 떠났어. 이제 내 목적을 이뤄 볼까."

용사의 목적은 훤히 보인다. 좌우가 통합된 지금이기에 자세한 내막까지 예상이 갔다.

용사, 발샤인 왕국의 초대 국왕은 야만족으로 착각할 만큼 거칠고 난폭한 인물이었다. 그 거친 기세 그대로 나라를 만든 것까지는 좋았으나 초대 국왕의 말년은 후회가 쌓인 상태였다.

마왕과 사이가 틀어진 것, 공작이 된 남동생이 일부러 왕가와 적대하기 시작한 것…… 발샤인 왕국은 수많은 희생 위에 세워진 나라였다. 그런 잘못된 나라를, 용사는 자기 손으로…….

"발샤인 왕국을 멸망시킬 셈인가요?"

내 물음에 용사는 크게 고개를 끄덕인 뒤 입을 열었다.

"내 목적은 변함없어. 기적적으로 현세로 돌아왔으니 잘못된 이 나라를 그대로 둘 수는 없지."

"발샤인 왕국을 없애고…… 그다음은요? 처음부터 다시 국왕님 노릇을 할 건가요?"

"이 나라가 사라진 뒤의 미래는 이 세계에 사는 사람들이 정해야지."

자기는 나라를 멸망시킬 테니까 뒷일은 알아서 하라……는 건가?

용사의 목적은 좀 이상하다. 발샤인 왕국을 멸망시키겠다는 부분만 보면 극악하게 느껴진다. 하지만 용사의 목적은 국민을 학살하는 것도 국토를 유린하는 것도 아니다. 그저 왕국의 체제를 무너뜨리고 싶어 할 뿐 그 이후의 전망이 없다.

그거, 꼭 할 필요 있나?

"보시는 대로 발샤인 왕국은 번영했고 평화로운데요."

"그렇다 해도 이 나라의 성립 과정이 잘못된 건 사실이야."

뭐, 성립 과정이 수상하다는 건 안다. 하지만 국가라는 게 원래 다 그렇잖아? 각국의 건국 신화에 딴지를 거는 것 같으니 입 밖에 내진 않겠지만.

용사에게는 그런 설득을 해 봤자 통하지 않을 듯했다.

용사를 잘 아는 사람이라면 설득할 수 있을지도 모른다. 그

조건에 맞는 용사의 스토퍼로 제격인 사람이 마침 나타났다. 근처에 착지해서 등장하는 게 늦었을 뿐이다. 그리고…….

"그렇다. 왕은 과오만 저지르는 자다."

마왕. 즉 용사님 설득 팀의 귀중한 사람은 용사의 말을 긍정했다.

그럴 리가 없다. 가장 반대하는 사람이었을 텐데. 조용히 마왕의 뒷말을 기다렸다.

"옛날부터 왕은 과오밖에 저지를 줄 몰랐지. 앞으로도 과오를 저질러 댈 것이다."

여기서 확신했다. 마왕은 용사를 절대로 인정할 생각이 없다는 걸!

하지만 용사도 쉽게 포기하지 않았다. 용사와 마왕의 설전이 시작됐다.

"노을의 나라에서 나는 변했어. 적을 물리치는 용사의 자질, 국가를 다스리는 국왕의 자질을 모두 갖췄지."

"변하지 않았다! 외형과 행동이 기분 나빠졌을 뿐 네 본질은 전혀 변하지 않았다고."

"내 어디가……."

"하늘의 장벽을 돌파할 때 넌 그저 돌진하기만 했잖나?! 블랙홀 타이밍도 본좌가 알아서 맞췄다!"

마왕은 분노로 떨며 용사의 반론을 가로막듯이 몰아쳤다.

토론으로 보면 규칙 위반이지만 그저 돌진하기만 한 건 사실이라 용사의 말투도 약해졌다.

"그건 너라면 맞춰 줄 거라고 생각해서……."

"함께 싸울 생각이 있으면 목소리든 시선이든 신호 하나쯤은 줘야 하는 것 아닌가? 넌 항상 뒤돌아보지 않고 달려가기만 했지."

"그건 내 결점이야. 앞으로 고치도록 노력해 볼게."

수백 년에 걸쳐서 완전히 변한 용사의 본질이라고도 할 수 있는 변하지 않은 부분.

마왕은 아마 절대로 고칠 수 없을 거라고 말하겠지. 그러나 내 예상은 배신당했다. 마왕은 고칠 수 있느냐 없느냐를 따지는 게 아니라 전혀 다른 대답을 부르짖었다.

"고치지 마라! 절대로 고치지 마라! 그대로 있어!"

돌격하는 용사의 뒤치다꺼리를 계속해 왔고 방금도 불만을 토로했던 마왕은 용사의 나쁜 버릇을 '고치지 마라!' 라고 단언했다. '고칠 수 없을 거다' 가 아니라 '고치지 마라!' 라고 반복했다.

상당히 민폐가 됐을 텐데, 고치길 원했을 텐데 마왕은 용사에게 그대로 있으라고 감정적으로 외쳤다.

나와 패트릭은 얼이 빠졌고 용사마저 입을 떡 벌렸다.

마왕은 거칠어진 호흡을 가다듬은 뒤 차분해진 목소리로 말했다.

"왜 모르는 거냐?! 지금의 너에게 건국은 꿈같은 이야기라는 걸."

"지금의 나라면 옛날보다 훨씬 잘 행동할 수 있어."

"무리다. 아무리 네가 올바르게 행동해 봤자 소국조차 만들 수 없을 거다."

"왕이 올바르면 모두가 따라 줄 거야!"

지금만은 용사의 말이 맞는 것처럼 느껴졌다.

생전에 변화하기 전의 용사는 누가 봐도 국왕에 어울리는 인물이 아니었다. 싸움은 잘하지만 정치 관련으로 젬병이라는 건 누구나 인정하는 부분이었을 텐데.

국민을 이끄는 왕에 걸맞은 반짝이는 눈동자를 한 용사에게 마왕은 몇 번이고 고개를 저었다.

"무리다, 무리다, 무리다. 우리는 네놈이 과오만 저지르던 자였기에 그 등을 필사적으로 쫓았던 거다. 그 전란의 시대에 모두가 건국이라는 꿈을 꿨던 건 네가 멍청하고 난폭하고 제멋대로 자기의 길을 달리는 녀석이었기 때문이다."

용사가 하려는 말이 뭔지 이해되기 시작했다. 지금의 발샤인 왕국이라면 무조건 국왕님 스타일 용사가 더 적합하다. 야만족 스타일 용사는 귀족에게도 국민에게도 외면받고 끝날 것이다.

그러나 당시는 지금과 상황이 달랐다. 소국이 난립하는 험악한 시대에 모든 이의 선두를 달릴 사람으로는 연약하다고 여겨질 수 있는 국왕님 스타일 용사보다 난폭하고 에너지로 넘쳐흐르는 야만족 스타일 용사가 더 적합하겠지.

야만족 같았음에도 불구하고 국왕이 될 수 있던 게 아니라, 야만족 같았 '기에' 국왕이 될 수 있었던 것이다.

용사도 짚이는 바가 있는지 눈을 감고 조용히 고민에 잠겼다.

용사는 "확실히 그럴지도 몰라."라고 서두를 두고 말했다.

"그럼 지금의 발샤인 왕국이 괜찮다는 거야? 얼마나 많은 희생 위에 세워진 나라인지 넌 잘 알잖아."

"누가 희생됐다는 거냐? 성가신 일을 통째로 넘겨받던 측근 말이냐?"

마왕의 짓궂은 질문에 용사는 말을 꺼내기 거북해하면서도 대화를 이어 나갔다.

"너도 나라에 희생된 사람 중 한 명이잖아……?"

"마물 대군에 대처하는 건 당연한 일이다."

"설마 넌 나를 용서하는……."

"착각하지 마라. 네가 그 여자를 채간 것은 영원히 원망할 테니까."

스토커의 사고방식이란 정말 무섭네. 왕비님 일은 누명이라고요.

용사는 이 상황의 분위기 때문에 '애초에 네가 눈치가 없었던 거야' 라고 반론하지도 못하고 어금니에 음식물이 끼어서 불편한 듯한 표정을 지었다.

본론에서 벗어나기도 했고 귀찮다는 태도가 된 마왕에게 용사는 과연 어떻게 맞설까. 잠시 침묵이 이어지더니 마침내 용사가 입을 열었다.

"희생된 건 내 동생도 마찬가지야."

아, 화제를 돌렸군.

용사는 일단 마왕과 관련된 얘기는 제쳐두고 힐로즈 공작 가문이 짊어진 역할을 이야기했다.

"나라를 위해서라며 일부러 왕가와 적대하는 길을 골랐지. 이 주박은 지금도 힐로즈 가문을 괴롭힐 거야."

으음, 그렇긴 했는데…… 그게 말이죠…….

힐로즈 가문이 그 길이 파멸로 향하고 있음을 알고서도 나아가는 과정에서 많은 고생을 한 건 사실이다. 하지만 지금 공작 가문은…….

"하늘이 밝아졌어! 유미엘라, 이제 괜찮은 거야?!"

엘레노라가 아니라 다른 사람이었다면 대화를 듣고 있다가 타이밍을 노리고 등장했다고밖에 생각할 수 없을 것이다. 하지만 그녀…… 엘레노라니까 정말 타이밍이 완벽했을 뿐이겠지.

밖으로 나온 엘레노라는 용사와 마왕을 발견했다. 낯가림이 없는 전 힐로즈 공작 영애는 두 사람에게 기운차게 인사했다.

"처음 뵙겠습니다, 엘레노라예요!"

"그, 그래. 잘 부탁해, 엘레노라."

활발한 아가씨의 참전에 용사도 당황하며 대응했다. 마왕은 무시했다. 혹은 자기에게 하는 인사인 줄 몰랐을 수도 있고. 후자일 것 같아서 슬프군.

엘레노라 때문에 페이스가 흐트러졌던 용사도 바로 기세를 되찾았다. 용사는 손바닥으로 엘레노라를 가리키며 말했다.

"이 아가씨에게서는 착한 인품과 소중히 자랐다는 게 느껴져. 힐로즈 가문에 태어나면 이런 성격으로 자라나는 것조차 용납되지 않지."

용납되는데요. 그 힐로즈 가문에서 용납돼서 오냐오냐 자란 결과 이렇게 천진난만한 고집불통 아가씨가 된 건데요.

갑자기 난입한 아가씨를 이용해 논리를 보강하려던 용사님, 성대하게 자폭하셨네요.

"이 아가씨는 힐로즈 공작의 딸이에요."

"뭐?"

"아, 이젠 힐로즈가 아니지만요."

"응?"

"반년 전에 공작 가문은 역할을 마치고 소멸했어요. 마지막 당주였던 엘레노라의 아버지도 즐겁게 살고 있죠. 딸인 엘레노라도…… 보시는 대로고요."

엘레노라는 어느새 마왕의 눈앞까지 가 있었다.

안 그래도 다가가기 힘든 분위기가 감도는 마왕이 더욱 매섭게 말 걸지 말라는 오라를 내뿜었으나, 엘레노라는 전혀 겁먹지 않았다.

"새까만 머리가 멋지네요! 저는 엘레노라예요. 당신의 이름은요? 어디에서 오셨어요? 유미엘라랑 분위기가 닮은 건 우연인가요?"

"그렇다……."

마왕은 엘레노라의 기세에 밀려 마지막 질문에만 겨우 대답했다. 필담이라도 시켜줘야겠는걸. 아니, 역시 기분 나쁘니까 하지 마. 마왕은 내버려 두자.

용사는 포기하지 않고 마왕을 계속해서 공격하는 천진난만함의 화신을 바라보며 멍하니 중얼거렸다.

"그, 래……? 저 아가씨가 동생의 자손…… 시대가 흐르면 이렇게까지 변하기도 하나."

"맞아요. 공작 가문의 외동딸이 이렇게 자라는 시대라고요."

로널드 씨는 신분을 숨기고 왕가에 몸을 맡겼고, 전 힐로즈 공작은 자기 대에서 역할을 끝낼 셈이었다. 엘레노라의 구김살 없는 면에는 그런 사정도 얽힌 것 같지만…… 굳이 말할 필요는 없으려나.

약간의 오해를 유발한 듯한 내 설명을 그대로 받아들인 용사는 내 말을 곱씹듯이 고개를 여러 번 끄덕였다. 그 후 용사가 뭔가를 깨달았는지 질문했다.

"혹시 발샤인의 왕족에도 변화가 있었나?"

"국왕 폐하는 제대로 국왕님다워요. 전투 기술은 잘 모르겠지만 나라 운영 면에서는 훌륭해요."

입 밖으로 낼 수는 없지만 지금의 국왕 폐하를 희대의 명군……이라고 여긴 적은 없다. 하지만 해야 할 일은 전부 한다고 할까…… 신뢰할 수 있는 국왕님이라고 생각한다. 뭔가 거만해 보이는 말투가 돼서 좀 그렇네.

하지만 그런 느낌이다. 사람으로서 믿음직스럽기보다는 왕의 역할을 충분히 다할 거라는 신뢰감이 있다. 더 이상한 사람, 그야말로 학생 시절의 에드윈 왕자가 그대로 어른이 된 듯한 사람이었다면 나는 패트릭과 친해지기 전에 발샤인 왕국에서 탈출했을지도 모른다.

지금의 왕국은 괜찮다고 이만큼이나 설명했지만 용사가 납득할 기색은 안 보였다.

논리가 아니라 자기의 감정 문제인 듯했다.

"아니, 하지만 지금의 왕국이 괜찮아도 토대가 글러 먹었으면, 나는 국왕으로서……."

국왕이라는 단어를 들은 순간, 마왕과 일방적으로 잡담하던 엘레노라가 반응했다. 엘레노라는 용사를 주시하더니 깜짝 놀랐다.

"국왕님이셨어요?! 전혀 그렇게 안 보였는데요."

"이 내가 국왕답지 않다는 거야?!"

누가 봐도 국왕님으로 보이는 국왕님인 줄 알았는데…… 아무래도 엘레노라가 느낀 인상은 다른 모양이다. 이렇게 국왕다운데 어째서. 용사도 그렇게 충격을 받은 듯했다.

나는 복장이나 머리 모양이나 행동거지 등등 여러 가지로 판단하지만, 그렇게 깊게 고민하지 않고 직관적인 판단을 내리는 엘레노라의 생각이 궁금했다.

"괜찮다면 내 어디가 국왕답지 않은지 알려 주지 않을래?"

"맑은 물, 더러운 물 가리지 않고 삼켜야 하는 게 국왕님이잖아요. 자기는 그게 불가능하다는 걸 알고 국왕이 되는 길로 나아가지 않은 분도 계실 정도죠."

과연. 더러운 물 중에서도 독보적으로 더러운 아빠가 있는

딸다운 견해다.

엘레노라의 주장대로 지금의 국왕 폐하는 필요하다면 누군가를 희생시키는 선택을 할 수 있는 분일 테지. 그게 힘든 사람…… 다시 말해 용사나 보충 설명을 할 필요도 없는데 굳이 엘레노라가 예로 든 누군가처럼 맑은 물만 삼키려는 인간이 국왕의 역할을 맡기는 힘들지도 모른다.

용사는 국왕이 되는 길을 포기한 누군가가 신경 쓰이는 기색이었다. 하지만 묻지 않는 편이 좋을걸. 이야기가 길어질 게 분명하다고.

"왕이 되는 길을 포기한 그 사람은, 그럼 어느 길로 나아가고 있지?"

아아~. 물어보고 말았어. 제2왕자 전하에 관해 물어보고 말았어. 아주 길~어지겠구만.

"그분이 나아가는 길은 자기의 정의를 믿고 그저 전진하는…… 이른바 용사라고 불리는 길이에요. 가끔 잘못된 방향으로 나아가기도 하지만 그런 것도 선함에 따른 부작용이라고 생각해요. 그런 조금…… 독선적인? 분이기에 구할 수 있는 사람도 많은 거니까요. 그런 특징의 안 좋은 면이 나올 때 말려 줄 동료가 있으면 문제없어요!"

엘레노라는 빛이 흘러넘치는 미소를 지으면서 그렇게 단언했다.

엘레노라는 에드윈 왕자와 향수 얘기만 나오면 급격히 머리가 좋아진다. 이 두 가지가 관련될 때 나타나는 엘레노라의 진정한 지능은 나와 패트릭을 능가한대도 이상하지 않다.

아까까지만 해도 그저 해맑아 보이던 아가씨가 180도 돌변한 모습을 처음 본 용사는 얼이 빠진 채 엘레노라의 말을 곱씹으며 어깨를 푹 떨궜다.

"맞아, 나는 뒤돌아보지 않고 전진했어. 그런 상태로는 제대로 된 국가를 만들 수 없을 줄 알았는데…… 내 결점을 메워주는 사람이 아주 많았지. 너도 그랬어."

용사가 마왕을 보았다.

모두의 예상을 깨고 엘레노라가 설득에 성공했으나, 그것을 가장 바랐을 게 분명한 마왕의 대응은 쌀쌀맞았다.

"결점을 메워 준다고? 아주 젠체하는 말투로군. 그건 어린애 뒤치다꺼리에 더 가깝지 않았던가?"

"어린애 뒤치다꺼리라고? 내 뒤를 따라오는 것만으로도 벅찬 네가 할 말이냐?"

어? 어? 지금 마왕 다음으로 말한 사람이 누구야?!

마왕과 엘레노라가 놀라지 않길래 무심코 패트릭과 얼굴을 마주 보았다. 패트릭도 의아하다는 표정이었다.

그렇지? 지금 대화에 난폭한 사람이 끼어든 거지?

깜짝 놀란 건 나와 패트릭뿐이었다.

마왕은 아무렇지도 않게 대화를 계속했다. 지금까지 몇 번이나 비슷한 대화를 한 듯한, 이것이야말로 원래 형태라는 듯한 자연스러운 모습이었다.

"네놈이 제멋대로 행동해서 주위 사람들이 얼마나 고생하는지 아나?"

"난 부탁한 적 없는데. 너희가 멋대로 떠맡았을 뿐이니 고맙다는 말은 안 해도 되겠지?"

"더는 못 어울려 주겠군."

그러니까 한 건 해결……했나?

여기까지 오는데 참 오래 걸렸네……. 어느새 해는 저물고 저녁노을은 사라져 가고 있었다.

마왕은 우리에게 등을 돌리고 노을 진 세계를 서쪽으로 걸어갔다.

곧바로 용사가 뒤따랐다. 노을의 역광 속에서 두 사람의 등이 나란히 서 있었…… 어라? 나는 눈을 비비고 다시 용사의 뒷모습을 관찰했다.

목에는 고상함과는 동떨어진 모피를 두르고, 움직이기 편해 보이지만 칠칠치 못한 옷을 입고, 뭔가를 자르는 데 특화된 손도끼 같은 검을 허리춤에 매달았다.

"이봐, 나보다 앞서 걷지 마! 어딜 가는 거야?"

"따라오지 마라."

"그럼 나 먼저 간다!"

"음……? 잠깐, 너! 그 얼굴은?!"

용사는 마왕을 추월해 뒤돌아보지 않고 선두에서 걸었다.

붉은 빛을 뿜는 서쪽 지평선을 향해 그들은 쉼 없이 걸어갔다.

"줄곧 아침노을이라고 생각했었는데 말이지…… 저 붉게 타오르는 하늘은 저녁노을이었나. 해는 떠오르지 않고 저물어 갈 뿐이군."

"당연하지. 낮에 그렇게 뛰어다녔는데. 밤이 되면 잠드는 게 자연스러운 이치다."

"마지막으로 너와 걸을 수 있어서 다행이야. 그 시절은 나쁘지 않았어."

용사는 마지막까지 뒤돌아보지 않았다.

뒤돌아보지 않고 태양과 같은 방향으로 계속해서 나아갔다. 살짝 뒤에서 마왕이 쫓아갔다.

그리고 노을 진 하늘이 점차 어두워지기 시작했다. 빛이 쏟아지는 곳을 전진한 그들에게 머지않아 밤이 찾아온다.

"그럼 잘 있어라! 폐 끼쳐서 미안했다!"

그 말을 끝으로 용사와 마왕의 몸이 무너져 내렸다.

노을의 나라의 주민이 만족했을 때처럼 육체가 모래로 분해되더니 마침내 형체도 없이 사라졌다.

해는 졌지만 아직은 밝은 찰나의 시간이 있어서 다행이다.

낮과 밤 사이, 모든 것이 애매한 노을이 있었기에 용사와 마왕은 마지막으로 한 번 더 나란히 걸을 수 있었다.

이제 밤이다. 서쪽 지평선의 노을은 사라졌다. 한번 저문 태양은 다시 돌아오지 않는다.

에필로그

분열 소동이 있고 일주일 뒤. 우리는 도르크네스령으로 돌아왔고 상황도 많이 안정됐다.

용사와 마왕은 성불……이라는 표현이 맞을지는 모르겠지만 사라졌고 나는 좌우의 몸을 되찾았다.

죽은 쪽의 나는 되살아나면 문제가 되지 않을까 싶었지만, 반신만 죽었다는 영문 모를 상황에서 내려진 결론이기도 했고 폭주니 뭐니 하다가 어영부영 넘어갔다.

결혼식이라는 이름의 역시나 한바탕 소동이 일어날 듯한 예감만 드는 이벤트가 기다리는지라 이 소동이 하루 만에 진정돼서 정말 다행이다.

그렇다곤 해도 좌우 대전은 내 양쪽 몸에 상당히 부담이 됐던 모양이다. 좌우의 피로를 동시에 받게 된 나는 요 일주일간 별로 활동하지 못했다.

많이 회복돼서 내일부터는 평소처럼 업무에 복귀하겠다고 지금 패트릭과 상담하고 있다.

"이제 건강해. 몸보다 머리의 부담이 커서…… 두 사람 몫의 기억이 한꺼번에 들어왔으니까."

"좌반신 쪽은 진작에 용사와 마왕을 만났었잖아?"

"음, 그전에 다른 사람이랑도 만났거든. 나를 무서워하지 않는 삼색 고양이라든가."

"그거 진짜 고양이 맞아?"

날카롭네요, 패트 씨. 그 삼색 고양이는 아저씨였답니다.

고양이 형제 얘기는 몸 상태가 좀 더 좋아진 다음에 할까. 그 충격적인 고양이 귀 아저씨들을 떠올리면서 오는 부하에다가 패트릭이 안 믿어 줄 가능성까지 포함하면 상당히 피곤해질 것 같다.

그 형제는 노을의 나라에서 재회했고 동생의 가짜 여행기에 관해서도 속 시원히 털어놓았으니 좋은 결말이지 않나 싶다.

용사와 마왕 일은…….

"패트릭은 두 사람이 사후에 재회해서 다행이라고 생각해?"

"생전의 후회를 없앴으니 잘된 거 아닌가?"

"그렇……지."

태양과 함께 사라진 용사와 마왕은 도저히 예전에 서로를 증오하던 사이로는 보이지 않았다.

용사는 몇백 년이나 노을의 나라에 갇혀 있느라, 마왕은 몇백 년이나 봉인되어 있느라 상당한 시간이 걸렸지만 마지막에는 사이좋……은지는 둘째 치고 원래 관계로 돌아간 듯 보였다.

끝끝내 볼 수 없었던 야만족 버전으로 돌아간 용사의 얼굴을 상상하는데 패트릭이 감개무량한 듯이 중얼거렸다.

"설마 사후 세계가 있었을 줄이야."

"레문이 설명한 대로 무슨 의미가 있는 건지 잘 모르겠는 곳이었지만 말이지."

노을의 나라가 존재하는 이유는 밝혀지지 않았다.

나 같은 예외가 아니면 되살아날 수 없으니 생전의 후회를 혼자서 하염없이 끌어안고만 있는 사람에게는 지옥일지도 모른다.

하지만 노을의 나라가 있었기에 구원받은 듯한 사람들도 봤기 때문에 존재 이유가 의문스럽긴 해도 노을의 나라를 부정할 마음은 들지 않았다.

"무슨 일이 있었는지 가까운 시일 내에 들려줘."

"음…… 기운이 있을 때 고양이 귀 아저씨 이야기를 해 줄게."

"기운이 없어질 것 같은 얘기네."

듣겠다고 한 이상 거절할 수 없는 패트릭이 씁쓸한 표정을 지었다.

지금 당장 얘기해 줄까? 고양이가 되고 싶었던 형제 아저씨 얘기도 있고, 현실과 그림을 뒤바꿔서 사실적인 추상화를 그린 언니 이야기도 있는데. 어떤 이야기든 들으면 정신력이 깎여 나갈걸.

안 좋은 기척을 감지한 패트릭은 화제를 바꿨다.

"유미엘라가 다양한 소동을 일으키긴 하지만 설마 몸이 좌우로 나뉠 줄이야.”
“좌우로 나뉘는 게 예상외였다면, 상하로 나뉘는 건 예상 내라는 거야?”
“상하……?”
다음에는 상하로 분열될 수 있는지 시험할까. 이번에는 한쪽이 안 죽게 할 수 있을 것 같다.
하겠다고 말하면 말릴 듯하니 패트릭에게는 말하지 말자.

그러고 보니 고양이 귀 아저씨…… 또 다른 이름으로는 불우한 조향사 네람 씨라고 불리는 사람에 관해 엘레노라에게 아직 얘기하지 않았다는 걸 깨달았다.
나는 패트릭에게 짧게 말을 남긴 뒤 엘레노라에게 가 보았다.
“엘레노라 님!”
엘레노라는 저택의 자기 방에 있었다.
엘레노라는 나를 보자마자 본 적 없는 물체를 내 얼굴 앞에 들이밀었다.
이건…… 뭐지……? 끈 끝부분에 금속으로 된 무거운 단추가 달려 있었다. 엘레노라는 그것을 잡고서 진자처럼 흔들기 시작했다.
“유미엘라 씨, 당신은, 점점, 잠이 옵니다…….”
“안 와요.”
최면술이었군. 금속 단추는 5엔짜리 동전 대용이었나. 이 나라에는 구멍이 뚫린 동전이 없어서 그렇게 한 거구나.

나도 몰랐던 전생의 세계와 똑같은 방식의 최면술. 엘레노라는 대체 어디서 정보를 얻는 걸까. 그건 그렇고…… 이런 걸로 최면에 걸릴 리가 없잖아. 최면은 귓가에서 카운트다운을 해야 걸린다고.

하지만 엘레노라가 귓속말을 하면 갑자기 큰 소리로 고막을 파괴할 것 같아서 무서운걸…….

내가 시답잖은 생각을 하는 동안에도 엘레노라의 시답잖은 최면술은 계속됐다.

"잠이 온다, 잠이 온다, 잠이 온다……."

"안 온다니까요."

"유미엘라는 잘 안 통하는 부류일지도 모르겠네. 다른 사람한테도 시험해야지."

이런 거에 걸리는 사람은 단순하고 솔직하고 머리가 좀 나쁜 사람밖에 없다고요.

하지만 내 측근 중에 단순하고 솔직하고 머리가 좀 나쁜 사람은 없으니까 뭐.

자 그럼, 본론으로 들어가자. 엘레노라도 딱히 진심으로 최면술을 익히려는 건 아닐 테니까. 그냥 심심풀이겠지.

"엘레노라 님이 금서고에서 발견한 검은 수첩의 향기, 기억하세요?"

"물론이지! 그건 분명히 네람 씨가 조향한 향수야! 저녁노을이 진 쓸쓸한 사막 속, 평온하게 지내는 주민들…… 따뜻한 사후 세계 같은 향기가 났거든."

무서워. 엘레노라는 노을의 나라의 광경도 모르고 고양이 귀 아저씨의 향수 해설도 안 들었잖아? 오로지 향기만으로 그렇게 정확하게 맞추다니…… 역시 대단한 사람이야. 바보 같은 최면술을 시작하긴 했지만.

엘레노라는 네람 씨의 열성적인 팬이니까…… 직접 만났다고 말하기는 뭔가 껄끄러운걸. 심지어 엘레노라가 동경하던 조향사가 고양이 귀가 달린 아저씨라서 더더욱.

내가 엘레노라에게 뭐라고 전하면 좋을지 망설이는 동안 엘레노라는 계속해서 말했다.

"게다가 그건 제대로 된 향기였어. 저녁노을이 진 사막에 네람 님이 계시고…… 아마 본인이 눈치채지 못했을 뿐 가까이에 동생분도 계시고…… 마지막에는 둘이서 세계를 여행했으면 좋겠다."

"무서워……."

속으로만 중얼거리려고 한 게 무심코 살짝 입 밖에 나오고 말았다.

어째서? 어떻게 동생인 삼색 고양이까지 안 거야? 최면술로 내 기억이라도 들여다봤나?

최종적으로 엘레노라의 에드윈 사랑 덕분에 용사를 설득할 수 있었고, 현세와 노을의 나라 간에 연락을 취할 수 있었던 것도 엘레노라가 향수가 묻은 마왕의 수첩을 발견한 덕분이었다.

이 사건의 MVP는 엘레노라였을지도 모른다.

좌우의 기억이 합쳐지면서 새롭게 판명된 사실도 여럿 있다. 왕성 지하에 잠든 인어 미라의 제작자가 초대 국왕이었다는 것도 그중 하나다.

하지만 가장 큰 발견은 마왕의 수첩이다. 장식품으로 취급돼서 사후의 마왕과 함께 노을의 나라로 딸려간 수첩과 마왕이 봉인된 후 금서고에서 오랫동안 보존되었던 수첩이 동기화되어 있었다. 아마 마왕이 자기 수첩에 향기를 묻힌 게 발단일 것이다.

현세와 노을의 나라 두 곳에 존재하는 두 개의 똑같은 수첩을 이어 준 건 네람 씨의 향수였다.

분명 레문도 현세와 노을의 나라를 오갈 수 있는 건 냄새뿐이라고 하지 않았던가.

"엘레노라 님은 노을의 나라를 오갈 수 있는 게 향기뿐인 이유를 아시겠나요?"

"그런 건 간단하지."

어? 과학으로는 설명할 수 없는 뭔가 신비로운 개념이라고 생각했기에 엘레노라가 즉답하는 건 의외였다.

하지만 향수가 관련됐을 때의 엘레노라라면 슈퍼 이해력으로 하이퍼 고찰도 가능할지 모른다. 향기만이 특별한 논리적인 이유가 뭔지 무척 궁금한걸!

이어지는 엘레노라의 말에 나는 숨을 삼키고 집중했다.

“그건…… 향기가 사람 마음에 가장 오래 남기 때문이야.”

“그렇군요.”

멋지고 몽글몽글한 대답이었다.

그럼 엘레노라에게는 감사의 선물로 이걸 주자.

“여기, 기념 선물이에요.”

“이건……?”

엘레노라에게 향수병을 건넸다.

폭주한 왼쪽 유미엘라가 가지고 있던 그 향수는 양쪽이 합쳐진 내 주머니에 들어 있었다. 노을의 나라에서 가져올 수 있었던 유일한 기념품이다.

나는 곧장 엘레노라의 방을 뒤로 했다.

죽음의 단말마와 구분이 안 가는 엘레노라의 신이 난 비명을 등 뒤로 들으며 이 소리가 더 마음에 오래 남을 것 같다고 생각했다.

할 일이 없어진 나는 줄곧 생각했던 걸 실행으로 옮겼다.

나는 이번에 좌우로 분열돼 버린 게 아니라 분열에 성공한 게 아닐까. 죽어서 분열된 게 아니라 분열돼서 싸운 결과 좌반신이 노을의 나라로 간 것이다.

그러니까 나는 노력하면 분열이나 분신을 할 수 있을 게 틀림없다.

하지만 분열도 분신도 상상하기 좀 힘들다. 분열됐을 때의 감각이 기억나지 않아서 실마리조차 잡히지 않는 상황이다.

누구 좌우로 분열되는 방법에 정통하신 분 있으시면 연락 주세요.

그럼 날개 쪽을 시험해 볼까. 그 감각은 살짝 기억이 난다.

분명 등에서 꿀렁거리는 느낌이 들었었다.

그때를 떠올리며 시행착오를 반복하는데 패트릭이 말을 걸었다.

"이번에는 뭘 하려고?"

"의식해서 분열이나 분신을 하는 건 무리였나 봐."

"그래? 아쉽게 됐네."

분열을 시도했다는 것 자체가 패트릭에게는 깜짝 놀랄 만한 발언이었을 텐데 익숙하다는 듯이 받아쳤다.

진짜로 아쉬운 거야? 하지만 괜찮아. 그런 패트릭에게 기쁜 소식이 있으니까.

"날개 쪽은 조금만 더 하면 될 것 같아. 등이 좀 근질거리는 느낌이 들어."

"그냥 등이 간지러운 거 아니야……?"

"아니, 좀 더 독특한 느낌이라니까!"

패트릭은 천천히 내 등을 긁기 시작했다.

아니, 아니라니까. 이제 슬슬 날개가 나올 것 같단 말이야.

패트릭은 그것을 방해하듯이 내 등을 계속 긁어 댔다. 그리고 귓가에 속삭였다.

"간지러운 거다, 간지러운 거다, 유미엘라는 그냥 등이 간지러운 거다."

"그러니까……."

"등이 간지럽다, 등이 간지럽다, 유미엘라는 등이 간지럽다."

"그냥 간지러운 것 같기도 해!"

나는 그냥 등이 간지러울 뿐이었구나!

확실히 엄청 근질거리네.

날개는 기분 탓이었고, 패트릭이 날 단순하고 솔직하고 머리가 좀 나쁜 녀석이라는 듯이 쳐다보는 것도 분명 기분 탓이리라.

창문 사이로 차가운 바람이 불어와 검은 머리칼 끄트머리를 살포시 흔들었다.

이제 슬슬 건국제가 다가온다. 용사와 마왕이 만든 나라가 또 한 살 나이를 먹는다.

번외편 완벽한 데이트 계획

데이트란 무엇인가. 식사든 쇼핑이든 연극 관람이든 두 사람이 외출하면 데이트라고 하는 듯하다.

아니, 집 데이트라는 말도 있다. 외출하는 건 데이트의 필수 조건이 아닌 모양이다.

"그러니 던전 데이트도 데이트에 포함되죠."

"포함 안 돼."

그럼 던전 데이트는 데이트가 아니라는 거야?

엘레노라가 패트릭과의 최근 데이트가 어땠는지 물어봤는데, 떠오르는 대답이 던전 말고는 없었다. 분명 잠깐씩 외출하면서 여기저기 갔었는데…….

"아, 카페에서 까르보나라를 먹었어요. 식후에 커피도 마셨고요."

남녀가 카페에서 식사하는 건 완벽하게 데이트지! 이걸로 연애 얘기라면 사족을 못 쓰는 엘레노라도 납득하겠지.

그러나 던전 데이트도 인정하지 않은 엘레노라는 카페 데이트에도 딴지를 걸려고 했다.

"거기에 갈 때 유미엘라는 예쁘게 차려입고 갔어?"

"며칠 전에 입은 옷 같은 거 기억 못해요."

"데이트에 입고 간 옷은 고르느라 무척 고민했으니까 잊어버릴 리가 없잖아?!"

무척 고민하지 않아서 기억에 없는 건데요.

데이트에는 예쁘게 차려입고 가야 한다는 영문 모를 규칙이 적용되어, 내가 선보인 데이트 에피소드는 애초에 데이트조차 아니었음이 판명됐다.

이렇게 된 이상 뻔뻔하게 나갈 수밖에 없다.

"그럼 패트릭과는 오랫동안 데이트하지 않은 게 되네요."

"그럴 수가……?! 둘 사이는 양호한 줄 알았는데!"

엘레노라가 데이트라고 판정하는 기준이 엄격한 게 원인인데 말이지.

엘레노라가 데이트라고 인식하는 기준을 넓히기만 하면 되는 문제지만…… 엘레노라 님은 아무래도 전혀 다른 해결책을 떠올렸는지 활짝 웃으며 말했다.

"내가 데이트 계획을 고안해 볼게!"

엘레노라가 고안하는 데이트 계획…… 몹시 귀찮을 듯한 예감이 들었지만 의외로 재밌을지도 모른다. 평소에는 적극적으로 방문하지 않는 장소에 갈 수 있는 좋은 기회다.

잠시 후 엘레노라가 메모지를 건넸다. 데이트 계획표일 줄 알았던 그것은…… 어째선지 세 장이나 있었고 여러 개의 날짜가 적혀 있었다.

"이건 그러니까 결국…… 어딜 가는 건가요?"

"첫 번째 장은 아직 준비 단계야. 당일에는 두 번째 장이랑 세 번째 장에 적힌 거고."

몹시 귀찮을 듯한 예감이 적중해, 실제로도 몹시 귀찮은 반전 없는 패턴이었다.

아니, 항목별로 적어 놓은 해야 할 일 리스트처럼 언뜻 보면 힘들 것 같지만 하나씩 해치우다 보면 의외로 빨리 끝나는 식일지도 모른다.

뭐가 어찌 됐든 일단 첫 번째 항목이다. 나는 엘레노라가 고안한 데이트 계획을 확인했다.

'데이트 권유를 기다린다.'

어? 이쪽이 계획을 짰으니까 내가 먼저 권유해야 하지 않아?

뭐, 됐나. 기다리는 것만큼 편한 일은 없으니까. 그럼 저는 최근 유행할 조짐을 보이는 카드 게임에 관해 생각하러 방으로 돌아가겠습니다.

내 방으로 돌아가려고 했을 때, 엘레노라에게 팔을 붙잡혔다.

"패트릭 님께 데이트를 권유받기 위해 너도 노력해야지."

"데이트를 권유받기 위해 노력한다고요……?"

새로운 개념인가?

엘레노라가 데이트를 권유받기 위해 노력한다……는 영문 모를 개념을 설명했다. 간단히 말해, 데이트는 남자가 먼저 권유해야 하니까 여자는 데이트를 권유해 주길 바란다는 티를 열렬히 내야 한다.

그런 내용이었다. 그걸 에드윈 왕자에게 실천한 결과가 어땠냐고는 도저히 물을 수 없었다.

진짜 싫다. "내일 할 일이 없네~." "이 영화 궁금한데 같이 보러 갈 사람이 없네."라는 식으로 말해야 한다는 거잖아?

할 일이 없으면 게임을 하면 되고, 궁금한 영화는 혼자 보러 가면 된다.

그리고 패트릭이 그런 어필을 눈치챌 것 같지도 않았다. 패트릭이 둔감하다는 뜻이 아니라, 내가 절대로 그런 어필을 하지 않으리라는 걸 패트릭은 잘 알기 때문이다.

나는 패트릭의 방에 들어갔다. 방 바로 밖에는 엘레노라가 숨죽이고 있을 것이다.

"패트릭, 지금 시간 괜찮아?"

"어, 괜찮……."

방에서 무언가를 적던 패트릭은 뒤를 돌아보다가 말을 도중에 끊었다.

아마 내가 무표정으로 들고 있는 종이에 적힌 내용을 읽었겠지. 난 무표정으로 글자가 적힌 종이를 양손으로 잡고 있었다.

종이에는 이렇게 적혀 있었다.

'엘레노라가 우리 대화를 듣고 있어. 나한테 데이트하자고

권유해 줘.'

이것만으로도 모든 상황을 파악했는지 패트릭은 엘레노라가 있을지도 모르는 문을 바라보고 곧장 말했다.

"마침 잘됐다. 요즘 둘이서 외출을 많이 못해서 데이트하자고 제안하려고 했거든."

"어, 패트릭이랑 데이트? 제안해 줘서 기뻐."

"언제가 좋을까?"

"으음, 일주일 정도 뒤가 좋을지도."

"알겠어. 그럼 일주일 뒤에 단둘이 외출하자."

덧붙이자면 나는 대화하며 평소보다 더 딱딱한 무표정을 유지했다. 내 표정이 옮았는지 모르지만 패트릭도 표정이 싸늘했다.

이 러브러브한 연인 같은 대화를 웃으며 듣는 사람은 아마 문에 귀를 댄 엘레노라뿐이겠지.

아무튼 나와 패트릭의 스케줄은 확보됐다. 데이트를 권유받는 단계는 클리어.

엘레노라가 만든 계획표의 두 번째 항목을 확인했다.

'입고 갈 옷을 일주일 동안 고민한다.'

이 페이스로 진행하다간 마감에 못 맞추겠어.

데이트 전날.

요 일주일 동안 쭉 데이트 때 입고 갈 옷을 고민했다. 의제는 항상 입는 원피스로 할지 그 외의 옷으로 할지였다.

엘레노라가 제시한 데이트 요건은 일주일 동안 고민하는 것. 항상 입는 옷으로 할지 말지 제대로 고민했으니 조건은 충족했다. 고민한 결과 항상 입는 옷으로 결정돼도 고민한 실적은 제대로 남으니까.

전날까지 꼭 해 둬야 할 지령은 분명 하나뿐이었지? 엘레노라의 메모를 확인했다.

'전날에는 일찍 잠들려고 하지만 두근거려서 전혀 못 잔다.'

밤에 드는 방법까지 지정받아야 하는 거야?

엘레노라의 지령을 완벽히 수행한 나는 제대로 일찍 침대에 들어가서 제대로 두근거…….

푹 잤다.

아니, 안 잤어. 너무 두근거려서 전혀 못 잤고말고. 잠을 잘 못 자서 컨디션도 안 좋고, 마치 너무 푹 자서 오히려 나른해졌을 때처럼 머리가 무거울 정도다.

좋아, 수면 부족 상태로 맞이한 데이트 당일. 약속 시간은 점심쯤이니 아직 여유가 많다.

분명 나가기 전 준비 과정이 엄청 길지 않았던가. 하나씩 미션을 해치워 나가자.

엘레노라의 메모, 일단은 복장에 관한 항목을 보았다.

'두 옷 중 어느 옷을 입고 갈지 고민한 끝에 아슬아슬하게 떠올린 세 번째 선택지로 결정한다'

진행 불능 버그다……! 나는 항상 입는 원피스와 그 외의 옷이라는 두 선택지를 고민했었다. 항상 입는 옷과 그 외의 옷. 거기에 더해 세 번째 선택지라고……?

A도 아니다. A 이외도 아니다. 이 두 가지 조건을 충족하는 것은 뭘까~요?

설마 엘레노라의 데이트 계획에 허수의 개념이 등장할 줄은 몰랐는데. 보통 사람은 음수의 제곱근을 상상할 수 없듯이 나는 내가 입어야 할 옷을 확신할 수 없었다.

그런데 이 메모, 조금 이상한걸. '두 옷 중 어느 옷을 입고 갈지 고민한 끝에' 라고 쓰인 문장은 어째선지 선으로 지워져 있었다. 그 아래에 있는 '머리 모양은' '화장은' 이라는 메모에도 마찬가지로 취소 선이 그어져 있었다.

여러 행이 지워진 수많은 지령 밑에 지워지지 않은 문장이 있었다. 글씨의 자기주장이 강했다.

'어차피 안 할 테니까 내가 한다!'

"그런고로 전부 내가 해 줄게!"

아주 기가 막힌 타이밍에 엘레노라가 찾아왔다. 메모에만 그치지 않고 이젠 직접 개입까지 하려는 모양이다. 메이드 리타를 동반한 엘레노라는 기합이 나보다 수천 배는 흘러넘쳤다.

"유미엘라, 옷은?"

"항상 입는 원피스로 할지 그 외의 옷으로 할지 고민했어요."

"역시 논외야! 괜찮아 전부 우리가 할 테니까!"

그럴 수가. 일주일 동안 노력해서 고민한 건데…… 논외라니 너무해.

Hello, world. 저는 유미엘라 도르크네스입니다. 저는 옷 갈아입히기 인형입니다. 엘레노라와 리타, 두 여자아이가 제 옷과 머리와 얼굴을 마음껏 주물럭거리고 있습니다.

"앞으로 얼마나 남았나요?"

"거의 다 끝났어."

"아까 물어봤을 때도 거의 다 끝났다고 했잖아요."

"그건 전에 대답했을 때가 1분 전이니까 그렇지."

이 대화를 60번은 했으니 최소 한 시간은 지났을 것이다.

나는 시간 감각이 이상해지지 않게 1분마다 루틴처럼 아직 안 끝났는지 질문하고 있다.

해군이 금요일마다 카레를 먹는 것과 똑같다. 나는 1분마다 질문함으로써 제정신을 유지할 수 있다.

"앞으로 얼마나……."

"그 질문을 한 번 더 하면 유미엘라가 싫어질 거야."

뭐?! 그건 곤란한데. 항상 '너무너무 좋아!' 라고 연발하는 엘레노라에게 '싫어.' 라는 말을 들으면 깜짝 놀라서 심장이 멈추고 간이 딱딱해지고 폐도 새까매질 것이다. 입게 될 내장의 대미지가 상상을 초월한다.

우주복은 입는 데 몇 시간이나 걸린다는 소문이 있다. 나는 우주 개발 현장의 우주선 바깥에서 하는 활동을 맡았던 적이 없어서 소문의 진위는 모른다. 하지만 내가 경험한 일이라면 단언할 수 있다. 드레스는 우주복만큼이나 입는 데 오래 걸린다.

그런 연유로 옷을 갈아입을 타이밍이 되어 긴장하고 있는데, 엘레노라가 들고 온 옷은 평범한 원피스였다.

"어라? 치렁치렁한 드레스가 아니네요?"

"유미엘라는 장식이 적은 옷이 더 잘 어울리는걸? 치렁치렁한 게 입고 싶어?"

"치렁치렁하진 않아도 드레스일 줄 알았어요."

"평소 스타일의 연장선상에서 최대한 예쁘게 차려입는 게 최고야."

그런 건가……?

기다린 보람이 있어서 평소 스타일의 연장선상인 코디가 완성됐다.

복장은 원피스. 겨울이라 타이츠, 부츠와 함께 조합했다. 내가 본 적 없는 옷이니까 아마 이번 데이트용으로 새로 산……리타인가.

머리 스타일은 평소와 똑같았다. 스타일에는 변화가 없지만 과정이 복잡해진 만큼 윤기가 50퍼센트 정도 늘었다.

화장은…… 이것저것 했다. 내추럴 메이크업이라나 뭐라나. 화장은 애초에 생물적으로 부자연스러운 행위다. 따라서 내추럴 메이크업을 직역하면 자연스러운 부자연이 된다.

자연스러운 부자연(???)의 성과는 자연스러운 완성도로 마무리됐다.

그런데 여기까지 걸린 시간을 고려하면 이게 정말 평소 스타일의 연장선상인 코디가 맞을까.

평소 스타일의 연장선상에 이게 있다는 생각은 도저히 들지 않는다. 실제로 유미엘라 도르크네스의 연장선에 있는 건 티셔츠와 트레이닝 바지 코디 아닐까.

자 그럼, 아무래도 지옥의 준비는 종료된 듯하다. 이제 외출하기만 하면 된다.

엘레노라가 쓴 메모의 다음 단계를 훑어보았다.

'약속 시간에는 늦지 않게 살짝 늦는다.'

어느 쪽이야……? 문장의 전반을 읽으면 '늦지 않게' 라고 쓰여 있으니 지각 엄금이라는 뜻이겠지. 그리고 후반에는 '살짝 늦는다.' 고 분명하게 쓰여 있으니 지각하라는 뜻일 것이다.

"이거, 어쩌라는 뜻이에요?"

"늦지 않는 범위에서 살짝 늦으라는 소리야. 아마 지금 출발하면 딱 맞을 거야.”

결국 어쩌라는 건지 엘레노라의 진의는 이해하지 못했다. 하지만 지금 출발하면 된다는 건가.

“그럼 다녀올게요.”

“잠깐만 기다려. 마지막 마무리야.”

그렇게 말한 엘레노라가 내 볼을 팡팡이로 팡팡 두드렸다. 팡팡이의 정식 명칭을 몰라서 화장 도구 이름과 의성어가 겹쳤군.

“이건 뭐예요?”

“볼을 살짝 빨갛게 하는 거야.”

볼을 살짝 빨갛게 하면…… 뭐가 어쨌다는 거지?

나는 저택 현관 부근에서 엘레노라를 기다렸다.

아무래도 엘레노라 아가씨가 우리의 데이트 계획을 세운 듯해서 그에 어울려 주는 식이었다. 평소의 유미엘라라면 얼씬도 안 할 장소에 갈 수 있으니 나쁘지 않겠다고 가볍게 여겼지만, 내가 엘레노라 아가씨를 조금 얕봤나 보다.

약속 시간에 찾아온 유미엘라는 매일 만나는 내가 넋을 잃을 만큼 예뻤다.

“나 왔어, 오래 기다렸어?”

"아, 아니…… 방금 왔으니까 신경 쓰지 마."
나는 과연 동요를 감추는 데 성공했을까.
유미엘라의 분위기도 평소와는 어딘가 달랐다. 유미엘라의 볼이 살짝 빨개 보이는 건 기분 탓일까. 내 볼이 새빨개지진 않았는지 걱정된다.

유미엘라의 언동은 평소와 똑같았지만 내 쪽이 이상하게 긴장하는 바람에 대화가 조금 어색했다.

유미엘라가 위화감이 들지 않게 얼버무리는 사이 첫 목적지인 카페에 도착했다. 여기도 엘레노라 아가씨가 지정한 곳인 듯했다.
"여긴가 봐. 엘레노라 님이 좋아할 것 같아."
"아아, 그렇네."
가게의 외관도 그랬지만 내부는 더더욱 그랬다. 입점한 순간, 세련된…… 말하자면 유미엘라가 꺼리는 종류의 카페임을 확신했다.
실용성을 중시하는 기조가 강한 애시버튼에서 태어나 자란 나도 도회지 특유의 이 가치관에는 놀랐다. 그리고 아직도 익숙해지지 않은 점인데, 유미엘라는 나보다 더 이런 분위기를 거북해한다.
유미엘라도 거북한 곳에 들어왔다는 걸 깨달았는지 내 옷소매를 슬며시 붙잡고 불안한 듯이 주위를 둘러보았다.

던전 심층부도 가벼운 발걸음으로 전진하는 무서움을 모르는 유미엘라와 낯선 장소에 와서 긴장하는 지금의 유미엘라. 마치 전혀 다른 사람 같다.

주체할 수 없이 유미엘라를 좋아하게 된 것도 이 때문이다. 사고방식도 행동도 상식을 벗어난 유미엘라가 이따금 그 나이대 소녀다운 반응을 보일 때가 있다. 그 차이가 참을 수 없이 사랑스럽다.

유미엘라의 보기 드문 모습을 본 것만으로도 온 보람이 있네.

대기하던 점원이 자리로 안내했다. 점원은 검은 머리를 보고 유미엘라임을 눈치챘을 텐데도 표정 하나 바꾸지 않았다.

자리로 걸어가며 이미 옷소매에서 손을 뗀 유미엘라가 나에게 살짝 귀띔했다.

"조심해 패트릭. 여긴 음식점이 아니라 팬케이크 촬영회장일지도 몰라."

무슨 말인지 모르겠다. 다만 팬케이크 촬영회장이라는 어감은 그럭저럭 마음에 들었다. 나중에 '촬영'이 무슨 뜻인지 물어보자고 생각하며 안내받은 2인용 자리에 앉았다.

점원은 가죽으로 된 메뉴판을 펼쳐서 내밀더니 가장 위에 있는 문자열을 가리키며 말했다.

"이 커플 한정 음료는 어떠세요? 몇 달 전에 출시된 건데 지금은 이 가게에서 제일 인기 있는 메뉴에요."

"필요 없어요. 아마 메뉴도 지정돼 있을 거라서요."

커플 한정 메뉴를 즉시 거절한 유미엘라는 엘레노라 아가씨의 메모를 확인했다.

해당 항목을 찾은 듯한 유미엘라는 표정을 흐리며 주문했다.

"커플 한정 음료 부탁드립니다……."

자기가 거절하고서 다시 주문하다니. 메모를 확인하지 않은 탓에 유미엘라는 유미엘라답게 영문 모를 말을 했지만 점원은 안색 하나 바꾸지 않고 인사를 한 뒤 물러났다.

점원이 보이지 않게 되자 맞은편 자리에 앉은 유미엘라가 고개를 갸웃거렸다.

"커플 한정 음료가 뭐야?"

"글쎄? 음료수 두 잔이 세트로 나오는 거 아닐까?"

"따뜻한 건지 차가운 건지도 모르잖아. 패트릭은 어느 쪽이 좋아? 난 차가운 거."

"난 따뜻한 게 더 좋아."

커플 한정 음료가 어떤 것이든 간에 둘 중 한 명의 희망은 이루어지지 않는다는 게 확정됐다.

나와 유미엘라는 기호가 전혀 다르다. 이 정도로 깔끔하게 나뉘어도 되나 싶을 만큼 취향이 다른 게 많았다. 앞으로 계속 같이 있어야 할 걸 생각하니 살짝 불안해졌다.

반대로 공통점은 별로 안 떠오른다. 둘 다 전투를 잘하긴 하지만 전투 스타일은 전혀 다르다. 그런 식으로 뭐든 다 공통분모처럼 보여도 파고들면 전혀 다르다. 그래서 한층 더 불안해졌다.

할 일이 없어진 시간, 유미엘라는 손으로 사각형을 만들어 그 안을 들여다보았다. 풍경화를 어떤 각도로 그릴지 사색하는 화가 같은 움직임이었다.

"팬케이크를 찍으려면 이 각도려나."

"배고프면 추가로 뭔가 주문할까?"

"딱히 팬케이크가 먹고 싶은 건 아닌데? 아…… 패트릭이 같이 찍히니 포인트가 미묘하게 높은걸."

무슨 소리인지 전혀 모르겠다. 아마 유미엘라가 전에 있던 세계에서 하던 무언가겠지만…… 이미 익숙해졌다.

중요한 사항이면 유미엘라가 나도 알 수 있게 설명할 테니 이건 아무래도 상관없는 대화겠지.

머지않아 점원이 나타났다. 쟁반 위에 올라가 있는 건 아마 오렌지 주스인 듯했다. 사치스럽게도 얼음이 잔뜩 떠 있고 빨대도 신기하게 생겼다.

그걸 본 유미엘라가 소곤거리며 말했다.

"유리잔에 과일이 꽂혀 있으면 고급스러워 보이지 않아?"

주스의 원료인 오렌지를 잘라서 꽂은 것보다 얼음이나 빨대 쪽이 훨씬 더 가격이 나가지 않을까 싶은데. 미묘하게 어긋난 금전 감각을 지적하려고 했지만 내 눈은 점원이 내온 유리잔에 못 박혔다.

2인분의 음료를 부탁했는데 나온 유리잔은 한 잔뿐. 빨대만

두 개였다.

서로 얽힌 빨대를 바라보던 나는 그제야 커플 한정 음료라는 말의 뜻을 이해했다. 실물을 보면 간단하게 생겼지만 발명한 인물의 번뜩이는 아이디어는 존경할 만하다.

점원이 "맛있게 드세요."라고 하며 물러난 뒤, 유미엘라는 한숨을 내쉬었다.

"하아, 이런 거였구나. 너무 진부해."

"난 처음 봤어."

"나도 실물을 보는 건 처음이긴 한데…… 살짝 맛 좀 볼게."

유미엘라가 빨대를 물었다.

나도 이제부터 이걸 마시는 건가. 나와 유미엘라 쪽으로 고개를 내민 빨대는 유리잔 바깥으로 아주 약간 튀어나온 정도라 별로 길지 않았다. 필연적으로 얼굴은 가까워지…….

호록! 호로로로록! 호로로록…….

기품 없는 소리가 조용하고 달콤한 가게 안의 분위기를 깨뜨렸다.

분명 오렌지색이었던 커플 한정 음료는 유리잔과 얼음으로 반투명해져 있었다.

"양이 너무 적지 않아?"

순식간에 주스를 전부 마신 유미엘라는 미안해하는 기색도 없이 그렇게 말했다. 확인해 보니 유미엘라를 보고도 눈썹 하나 까딱하지 않던 점원의 눈이 휘둥그레져 있었다.

유미엘라는 가게 안을 둘러보다가 그 점원을 발견하더니 가볍게 손을 들었다.

"죄송합니다, 이거 한 잔 더 부탁드려요."

추가로 주문한 걸 보니 유미엘라에게도 다시 시도할 마음이 있는 거겠지.

아까 있었던 일은 꿈이라고 생각하고 이따가 나올 주스를 둘이서 마시자. 나는 그렇게 마음을 다잡았으나 두 번째 잔이 온 뒤 유미엘라가 내뱉은 한마디에 마음이 부서졌다.

"미안해. 나 혼자 마셔서. 이건 패트릭 몫."

"혼자 다 마시라고?"

"아, 목 안 말라? 남으면 내가 마실 테니까 괜찮아."

유미엘라는 커플 전용 음료를 고안한 자의 의도에 오기로라도 놀아나지 않을 셈이었다. 일단 이렇게 되면 유미엘라는 막강하다. 누가 봐도 2인용을 상정하고 만든 이 주스를 나 혼자서 다 마셔야 하는 건가…….

의기소침해진 나는 아랑곳하지 않고 유미엘라는 타이밍을 재듯이 몇 번이고 검은 머리를 귀 뒤로 넘겼다. 그리고 긴장한 기색으로 유리잔으로 입을 가져갔다.

"패트릭이 남겼을 때를 대비해서 난 대기할게."

그렇게 말하며 빨대를 입에 물었다. 오렌지 주스의 양은 변하지 않았다. 정말로 대기할 뿐, 빨대만 물고 있을 뿐이었다.

이건 그러니까, 그런 건가. 얼굴이 단숨에 뜨거워지는 것을 느꼈다.

뜨거워진 얼굴에 차가운 오렌지 주스라니 딱 좋네. 하지만 아까 따뜻한 음료가 좋다고 말했으니까 천천히 시간을 들여서 마시자……. 이상하게 이유를 쥐어짜며 돌려 말하는 걸 보니 나와 유미엘라는 서로 닮았을지도 모른다고 생각하며 나는 빨대로 얼굴을 가져갔다.

뭐야 저 가게! 커플 한정 음료라니 뭐냐고! 엘레노라가 지정한 가게니까 좀 더 경계해야 했는데.

하지만 난 메뉴의 콘셉트에는 전혀 어울려 주지 않았다고. 모든 게 엘레노라의 의도대로 흘러가게 둘까 보냐.

나는 단숨에 주스를 들이켰고 추가 주문한 주스도 패트릭이 남겼을 때를 대비해 빨대를 문 채 대기하고만 있었다.

에잇, 다음으로 가자. 메모에 적힌 목적지를 확인했다. 이건…… 어떻게 해야 하나 싶어서 패트릭에게도 보여 주었다.

'둘 중 한 명의 취향인 가게에 간다. ※좋아하는 사람의 취향이므로 반드시 흥미를 가질 것.'

"이거, 어떡할래?"

"유미엘라가 좋아하는 가게로 가면 되잖아?"
"정말? 유희 마스터 개더링버스 가게라도 괜찮겠어?"
"그게 뭔지는 모르겠지만…… 모처럼의 기회니까 나도 흥미를 가져 보려고 노력할게."
신난다! 그 가게에 패트릭이랑 가는 건 처음이네. 거긴 남자가 많으니까 분명 패트릭도 흥미를 가질 거야.

◆ ◆ ◆

"캐터펄트 올 그린! 바람의 화신이여, 모든 것을 멸하라! 가라, 스크램블 소환! 폭풍기룡 지너스 일레븐!"
"스크램블 소환?! 유미엘라 씨는 패에 폭풍기룡이 있었으면서 방금 턴에 아무것도 하지 않았던 건가?!"
"이 타이밍에 소환함으로써 폭풍기룡 지너스 일레븐의 효과 발동!"
"내, 내 초수 요새가아아아!"
상대가 방심해서 공격에만 집중한 덕분에 틈이 생겼다. 내 스크램블 소환은 보기 좋게 먹혀들었고, 이제 플레이어의 HP를 깎기만 하면 된다.
판세는 역전되어 내가 유리해졌지만 승패가 결정된 건 아니다. 상대는 마지막까지 포기하지 않고 혈안이 되어서 자기의 패를 바라봤다.
"그렇게 패만 보고 있어도 괜찮겠어요?"

"무슨 소리를…… 설마?!"

"주문 카드 발동, 연민과 비애의 전략 폭격! 이걸로 제 폭풍 기룡의 공격력이 올라갑니다."

"따, 딱 맞아. 설마 여기까지 생각하고……?"

이겼다. 공격력이 딱 맞아떨어져서 상대의 HP는 정확히 0이 됐다.

우리가 한 건 놀이가 아니라 진정한 결투였다. HP를 전부 잃은 상대는 당연히…… 져서 분해 보였다.

"대전 감사합니다."

"대전 감사요. 이야, 역시 유미엘라 씨네요."

"한 턴 동안 준비한 게 간파당했으면 아마 제가 졌을 거예요."

"질 각오로 남겨둔 걸 꿰뚫어 보지 못한 제 실수죠."

전투는 패로 시작해 패로 끝난다. 서로의 건투를 칭찬하고 나서야 견학하는 사람이 있음을 떠올렸다. 상대는 제대로 된 어른이라 내 동반자에게도 신경 써 주었다.

그 사람은 패트릭을 보며 말했다.

"이번에는 처음 뵙는 그쪽께 대전을 신청하고 싶은데요."

"죄송합니다. 패트릭은 아직 카드가 없어서요."

엘레노라의 데이트 계획에 등장한 '취향인 가게', 우리는 카드 숍에 왔다. 아까 했던 대전은 숍이 준비한 듀얼 존에서의 한 장면이다.

그렇게 뜨거운 역전극을 봤으니 대략적인 규칙밖에 모르는 패트릭이라도 유마버스의 매력을 깨달았겠지.
나도 패트릭에게 고개를 돌리고 말했다.
"어때? 재밌지?"
"처음부터 끝까지 난 대체 뭘 본 거지?"
"말했잖아, 유마버스라고."
정식 명칭은 유희 마스터 개더링버스. 줄여서 유마버스다.
대강 설명하자면 턴제 트레이딩 카드 게임……의 원형 같은 느낌이다.
트레이딩 카드 게임의 초기 환경에서 흔히 보이는 경우긴 한데, 게임 밸런스가 붕괴되어 있다. 코스트 없이 카드를 두 장 드로우한다거나, 소환하기 힘든 카드와 쉽게 소환할 수 있는 카드의 파워가 똑같다거나…….
경기성이라고 할 게 거의 없는 여명기의 환경이라고 할지라도 제대로 전략을 짜는 쪽이 강하다. 역시 카드 게임은 재밌다니까.

그런 카드 숍에서는 어째선지 독특한 냄새가 풍겼다. 아마 카드 잉크 냄새겠지?
어두컴컴하고 답답한 공기가 가득한 숍 안은 유마버스 플레이어로 북적거렸다.
참고로 플레이어는 어른뿐이다. 유마버스의 카드는 어린아이가 사기에는 가격이 비싸기 때문이다. 나를 포함해서 나이를 먹을 대로 먹고 카드 게임에 빠지는 사람들이라 카드에 대한 각오가 남다르다.

아까 본 내 대전과 숍 안의 광경을 보고 패트릭은…… 할 말을 잃은 듯했다.

"이런 곳을, 다니고 있었던 거야, 유미엘라는……?"

"응, 학원에 있었을 때부터 계속. 전에 내 덱을 보여주지 않았던가?"

"모이기만 하는 건 줄 알았어."

"그때 싸우는 거라고 설명했잖아."

"들은 건 기억하는데…… 설마 이렇게 이용자가 많을 줄은 상상도 못했어."

그도 그럴 게 대전 상대가 없는 카드 게임은 재미없거든.

이렇게나 재밌을 법한 대전을 봤는데도 패트릭은 애매한 표정을 유지했다.

"아, 규칙을 외울 수 있을지 불안해서 그래? 괜찮아. 하면서 외우면 되니까."

"그런 게 아니야."

"내 덱을 빌리면 바로 할 수 있을 거야. 쓰기 쉬운 덱은……."

"왜 40장이나 되는 카드 다발을 몇 개씩 가지고 있는 거야?"

원래 덱은 여러 종류를 짜는 게 보통이잖아. 나는 패트릭에게 당연한 사항을 설명하며 내가 가진 다섯 개의 덱 중 어느 덱이 초심자도 쓰기 쉬울지 고민했다.

일단 엑조는 제외하고, 아까 쓴 것도 다루기 어려울 테고……

하지만 패트릭이라면 괜찮으려나?

이것저것 고민하는데 왠지 듀얼 존이 소란스러워지기 시작했다.

"뭐지?"

"방금 저 사람이 들어온 뒤로 술렁이고 있어."

패트릭이 가리킨 방향을 보니 대머리 남자가 사람들에게 둘러싸여 있었다. 점원도 환영한……다고 할지 과할 정도로 고개를 숙였다.

나는 처음 보는 사람인 것 같은데 누구지? 주위에서 "유니코다, 유니코다!" 하고 그 사람의 이름을 외치는 목소리가 들려왔다.

"뭐?! 유니코?!"

"유명인이야?"

"응, 유마버스를 만든 사람이야."

대머리인 남자의 이름은 유니코 시로포드. 유희 마스터 개더링버스의 개발자다.

나도 이름과 공적만 알고 다른 건 잘 모른다.

유니코는 카드 숍 안을 한 바퀴 둘러보더니 우리 쪽에서 시선을 멈췄다. 그리고 우리에게 다가와 말했다.

"소인은 유니코 시로포드라고 하오. 아가씨, 한 수 겨뤄 보겠소?"

우와. 유니코가 다른 나라 말처럼 들리는 정체불명의 말투를 쓴다는 소문이 사실이었구나.

카드 게임의 개발자와 대전할 수 있다니 영광이다. 내가 감격하는데, 패트릭이 있는 반대편에서 소곤거리는 목소리가 들려왔다. 아까 전 대전 상대였다.

"유미엘라 씨, 유니코 씨는 조심하세요. 터무니없이 강한 카드를 쓰거든요."

"카드가 강해요……?"

플레이 실력이 강하다면 또 몰라도 강한 카드라는 표현에는 위화감이 들었다. 내가 질문하자 그 사람은 이것저것 사정을 설명해 주었다.

유니코는 툴 월드라는 개발자 한정 치트 카드를 쓴다는 것. 지금까지도 각 점포에 인사를 하러 돌아다닌 적은 있었지만 최근 들어 빈도가 잦아졌다는 것. 그리고 와서 하는 일은 치트 카드로 플레이어를 철저히 때려눕히는 일이라는 것까지.

"성가신 사람이네요."

"맞아요. 개발자라서 다들 존경하고 정중하게 대하는데, 저는 납득이 안 가더라고요. 한 번 대전한 적이 있는데, 툴 월드는 너무 세요."

지나치게 센 카드가 범람하는 유마버스 판에서 이 사람이 이렇게까지 세다고 평가할 정도면 어지간한가 보다.

그럼…… 진심으로 이겨 볼까. 나는 평소에는 절대로 쓰지 않는 덱을 준비해 대전용 테이블로 향했다.

그러자 유니코도 같은 테이블로 향하며 성격 나빠 보이는 미소를 지었다.

"상담은 끝났소?"

"네. 상대가 천하의 유니코 씨라고 해도 온 힘을 다해 싸우겠습니다."

"턴 순서 선택은 양보하겠소."

"선공 할게요."

유니코가 초짜를 비웃듯이 히죽였다. 유마버스는 선공 첫 턴 동안은 몬스터로 공격할 수 없다는 규칙이 있다. 기본적으로는 첫 수부터 공격할 수 있는 후공이 유리하다.

"설마 싶지만 유마버스는 처음이오? 허접한 몬스터밖에 소환하지 못하면 후공인 소인의 턴에 툴 월드를 발동할 것이오."

"툴 월드는 못 쓸 거예요. 선공 한 턴 만에 끝낼 거거든요."

선공은 공격을 할 수 없다. 하지만 유마버스에서 승리하는 방법은 상대의 HP를 전부 깎는 것만 있는 게 아니다.

원 턴 킬 하겠다고 선언하자 의아한 표정을 지었던 유니코도 역시나 개발자답게 특수 승리 방법을 바로 알아차린 듯했다.

"특수 승리. 한 턴 만에 가능한 것이라면…… 엑조 드라이버 말이오?"

엑조 드라이버란 한 종류의 카드명이 아니다. 엑조 드라이버의 머리, 가슴, 배, 날개, 다리까지 각 파츠로 나뉜 다섯 장의 카드가 있고, 그것이 전부 패에 모인 순간 특수 승리가 가능하다.

효과를 알고 언뜻 보면 강한 카드 같지만, 엑조 드라이버를 주축으로 삼은 덱을 쓰는 사람은 적다. 왜냐하면 원래는 한 종류의 카드를 세 장씩 넣을 수 있는 유마버스에서 엑조 드라이버는 각 파츠를 한 장씩밖에 넣을 수 없기 때문이다.

40장으로 이루어진 덱에 다섯 종류의 파츠가 각각 한 장씩밖에 없는데, 처음에 다섯 장을 뽑는 패에 그 파츠가 전부 갖춰질 확률은 대략 65만분의 1이다.

게임이 진행되면서 카드를 뽑다 보면 확률은 올라가지만, 전부 갖춰질 때까지 아무런 도움도 되지 않는 파츠가 패를 압박해서 일반적으로 싸우는 것조차 불리하게 작용한다.

"운에 맡긴 승부라니 정말 실망이구려. 설마 밑장빼기라도 할 셈이오?"

"밑장빼기 같은 건 안 하고, 운에 맡긴 승부도 안 해요."

유니코에게 바보 취급을 받으며 대전이 시작됐다. 우선은 자기의 덱을 셔플한 뒤 서로 덱을 교환해서 다시 셔플했다. 밑장빼기를 의심하는 유니코는 꼼꼼히 카드를 섞었다.

만족할 때까지 카드를 셔플한 유니코는 나에게 카드를 돌려주기 전에 말했다.

"처음 다섯 장은 소인이 뽑겠소. 뒷면으로 놓고 뽑으면 같은 결과 아니겠소?"

"상관없어요."

유니코는 내 덱을 위에서 다섯 장 뽑아 테이블 위에 뒷면으로 늘어놓았다.

내가 패로 준비된 카드를 나에게만 보이게 들자 유니코는 자신만만하게 웃으며 말했다.

"어떻소? 선공은 드로우도 못하니 그 다섯 장으로만 싸워야 하오.”

“안 갖춰졌네요.”

“하하하하! 이걸로 소인의 승리는 확정이구려. 특별히 알려 주겠소만, 소인은 첫 패에 툴 월드가 있소. 후공 한 턴 만에 승패가 정해질지도 모른다오.”

나는 총 다섯 장이 필요한 카드를 뽑지 못했고, 유니코는 한 장이면 되는 카드를 뽑았다.

유니코도 관중도 승패가 정해졌다고 생각하겠지. 아직 내가 이길 수 있을 거라고 여기는 사람은 나 자신과…… 패트릭뿐이었다.

“이 카드는 어떤 카드야? 그렇게 자신만만하게 말했으니 유미엘라가 이기는 거지?”

“응, 맡겨줘.”

“하지만…… 이 패로 괜찮겠어? 엑조 드라이버랬나? 한 장도 없는데?”

괜찮아, 패트릭. 확실히 파츠는 한 장도 못 뽑았지. 하지만 내 패에 있는 카드는 전부 공통된 사항에 특화된 카드뿐이거든.

여유만만한 유니코를 곁눈질하며 첫 번째 턴을 개시했다.

“주문 카드, 겸허하고 견실한 항아리를 발동. 카드를 두 장 뽑겠습니다. 다음으로 주문 카드, 지옥행 특급 열차, 덱에서 엑조 드라이버의 머리를 묘지로 보내겠습니다. 주문 카드, 교수의 연구, 패를 전부 버리고 덱에서 7장 드로우. 한 번 더 뽑았네요. 겸허하고 견실한 항아리입니다.”

"무, 무슨 짓을 하려는……?!"
드로우 계열 카드를 이만큼 가지고 있으면 알겠지? 내가 첫 번째 턴에 카드를 마구 뽑아서 엑조 드라이버 파츠를 모을 셈이라는 걸.
덱의 맨 밑바닥에 있다 해도 반드시 첫 번째 턴에 뽑을 각오로 만든 덱이다.
그 후에도 나는 각종 드로우 카드를 구사해서 덱을 쉴 새 없이 파냈다. 그리고…….
"몬스터 카드, 쓰레기 줍기 마니아를 소환. 소환 시 효과로 묘지에 있는 엑조 드라이버의 머리를 패로……."
"잠깐! 신의 흑섬을 사용하겠소! 소인은 HP의 절반을 지불해 쓰레기 줍기 마니아의 소환 시 효과를 무효로 하겠소!"
슬슬 엑조 드라이버가 갖춰질 것을 두려워한 유니코는 상대의 턴에도 발동할 수 있는 방해 계열 카드를 사용했다. 하지만 괜찮다. 처음에 쓰면 힘들었겠지만 대책으로 마련한 카드는 이미 내 패에 있으니까.
내가 너무 많아진 패에서 그 카드를 찾는데, 유니코가 분노로 얼굴을 부들부들 떨며 말했다.
"왜 그러시오? 소인은 신의 흑섬의 효과로……."
"신의 흑섬."
"어……?"
"저도 사용할게요. 신의 흑섬으로 신의 흑섬의 효과를 무효화하겠습니다."

"어……?"
주문 카드를 무효화하는 카드를 같은 카드로 무효화했다.
유니코는 여전히 표정이 얼어붙어 있었기에 일단 확인해 보았다.
"이제 됐나요? 그 네 장의 패 중에 신의 흑섬이 한 장 더 있으면 쓸 수 있잖아요? 아, 저는 한 장 더 있으니 네 장 중에 두 장이 흑섬이 아니면 쓰레기 줍기 마니아의 효과는 무효화할 수 없어요."
유니코는 아무 말도 하지 않았다. 더는 쓸 카드가 없다고 판단해도 되겠지.
나는 엑조 드라이버의 머리를 묘지에서 회수해…….
"갖춰졌네요. 엑조 드라이버 파츠 다섯 장이 모였으니 특수 승리입니다."
승패가 정해졌는데도 유니코는 계속 굳어 있었다.
전투는 패로 시작해 패로 끝난다. 자기만 쓸 수 있는 카드로 무쌍을 찍고 다니는 인물이 상대라고 해도 나는 마지막 인사를 빠뜨리지 않았다.
"대전 감사합니다. 재밌었어요, 솔리테어와 견줄 만큼."
존경받아 마땅한 카드 개발자가 철저히 참패한 모습을 보고 가게 안은 물은 끼얹은 듯이 조용해졌다.
정적을 깬 것은 문이 열리는 소리였다. 누군가 싶어 시선을 돌린 사람들의 눈앞에서 가게 안으로 들어온 사람은 대머리인 남자였다.

"익스큐즈 미. 저는 유마버스 개발자 유니코 시로포드라고 합니다. 이번에는 오랜만에 숍에 인사를 하러 돌아다니고……."
"""유니코가 둘이다! 어느 쪽이 진짜냐!"""

설마 내가 싸웠던 유니코가 가짜고, 그 사람이 사용한 카드가 위조품이었을 줄이야…….
"본때를 보여준 게 가짜라서 다행이야. 개발자에게 심한 짓을 한 줄 알았는데."
"그러게."
"결국 해 볼 기회는 없었지만 패트릭도 유마버스에 흥미가 생겼지? 돌아가면 같이 안 할래?"
"으음, 난 됐어."
"가짜 유니코랑 싸웠을 때 썼던 덱은 안 쓸 테니까 괜찮아. 그전에 대전했던 사람 있잖아? 그런 식이라면 패트릭도 재밌을 거야."
"난 그렇게 말 못 하니까 관둘래."
"아, 그래."
그렇게 뜨거운 대전을 보고서도 패트릭은 그다지 의욕이 없어 보였다.
이상하네. 하지만 나는 포기하지 않아. 언젠가 패트릭을 유마버스 플레이어로 만들어 보이겠어!

카드 숍을 뒤로한 우리는 귀로에 들었다.

오늘은 아주 즐거웠다. 내가 생각해도 여태껏 제일 좋은 데이트를 한 것 같다. 패트릭도 분명 즐거웠을 거다…… 아마도! 그럼에도 벌써 돌아가는 건 '살짝 아쉬운 정도가 딱 좋으니 저녁은 먹지 않고 돌아간다' 라는 엘레노라의 메모에 따른 결과다.

어라……? 돌아가는 걸로 끝인 줄 알았는데 뒤에도 뭔가가 적혀 있네?

'서로의 좋아하는 점을 말한다.'

못 본 걸로 하자…….

나는 메모를 마구 구겨서 주머니에 집어넣었다. 패트릭은 분명 보지 못했을 테니 세이프다.

저택으로 돌아가는 길을 걷는데 문득 패트릭이 말했다.

"오늘은 왠지 신선했어. 둘이서 외출한 적은 여러 번 있지만 이런 적은 없었잖아."

확실히 패트릭이 말한 대로다. 예쁘게 차려입고 외출하는 건 처음이기도 했고, 그런 분위기의 세련된 카페는 줄곧 피해왔었으니까. 지금까지는 던전 데이트라는 명목으로 그저 마물만 사냥하러 갈 때도 꽤 많았다.

그리고 무엇보다…….

"맞아. 패트릭 앞에서 유마버스를 하는 것도 처음이었고."

"그건 평소와 똑같다는 생각밖에 안 들었는데."

그러시군요.

패트릭은 여전히 유마버스에 흥미가 없는 모양이다. 그렇게 생각했는데 패트릭은 계속해서 말했다.

"아침에 때맞춰 만나는 것도 카페에 가는 것도 아주 좋은 시간이었어. 하지만 내가 좋아하게 된 유미엘라는 어린애나 할 법한 놀이를 온 힘을 다해 즐기고, 주변 사람들이 질겁할 정도로 금욕적이지만 그러면서도 개발자를 이긴 걸 신경 쓰는……."

어? 어? 어?

패트 씨, 혹시 메모를 읽은 거야? 아니, 그럴 리가 없어. 패트릭이 그걸 목격할 기회는 투시라도 하지 않는 이상 없었을 텐데.

그러니 이건 엘레노라의 지령과는 상관없이 패트릭이 자연스럽게 하는 말이라는 뜻이다.

내가 얼굴이 뜨거워지는 걸 느끼는 동안 패트릭은 계속해서 말했다.

"난 그런 유미엘라가 좋아."

평소의 나였다면 일부러 이상한 소리를 하며 대화를 어물쩍 넘겼을 것이다. 하지만 지금은 엘레노라의 메모가 뒤를 밀어주고 있다. 그러니 낯간지럽고 부끄러운 말을 패트릭에게 전할 수 있다.

"패트릭, 나도 말이야……."

집에 돌아가면 엘레노라에게 데이트와 관련해 사정 청취를 받겠지.

카페 얘기도 하고, 카드 숍 얘기도 해 줄까.

하지만 돌아가는 길에 내가 무슨 얘기를 했는지는 나와 패트릭만의 비밀이다.

후기

오랜만입니다, 타나바타 사토리입니다. 속권 발매까지 1년이 넘는 텀이 있었지만 여전히 책을 구입해 주셔서 진심으로 감사합니다.

놀랍게도 '악역 영애 레벨 99' 가 애니메이션으로 제작됩니다! 서적에서 이 사실을 알려드리는 건 이게 처음 같네요.

특별한 일이 없다면 아마 이 책의 발매일은 애니메이션 1화의 방영 전후가 될 거예요. 지상파 방송이나 인터넷 무료 방송도 있으니 꼭 봐 주시면 좋겠습니다!

애니메이션 1화는 전반에 재밌는 장치가 깔려 있고, 후반에는 어린 유미엘라가 마물을 해치우고…… 최고의 1화였습니다.

감사하게도 1화의 대사 녹음 현장을 견학했습니다.

도내의 어느 녹음 스튜디오. 갈 때 탄 열차는 *아키타 신칸센 'E6계 코마치' 였습니다. '코마치' 는 일부 구간에서 신칸센이 아닌 노선까지 운행하기 때문에 신칸센치고는 보기 드물게

*아키타 신칸센은 미니 신칸센 중 하나로, 도쿄역에서 모리오카역까지 도호쿠 신칸센과 열차를 연결하여 운행한다.

건널목을…… 아, 하지만 저는 '코마치'가 센다이와 우에노 간의 도호쿠 본선, 즉 도호쿠 신칸센 'E5계 하야부사'와 연결된 후에 탔기 때문에 미니 신칸센의 참맛은 느끼지 못했…….

이야기가 산으로 갔네요. 대사 녹음 이야기 중이었죠! 성우님들의 연기가 너무 대단했어요. 사전에 대본 체크는 했기 때문에 대충 이런 느낌일까? 하고 머릿속으로 목소리를 대입해서 상상하긴 했습니다. 하지만 전부 상상 이상이었어요.

대본을 몇 번이나 읽었고, 애니메이션은 미완성이었지만 듣고 있으니 재밌더라고요!

유미엘라는 쿨해 보이지만 레벨 업에는 이상하리만치 열정적이고, 앨리시아는 정통파에 귀엽고, 공략 대상들도 피식 웃게 되는 즐거운 분위기예요.

그런 대단한 연기를 보고 저도 지고 있을 순 없죠. 놀랍게도 유치원의 재롱잔치에서 나무 역을 완벽하게 연기해서 할아버지, 할머니께 천재라고 칭찬받은 경력이 있다고요. 대인기 프로 성우님들에게도 제 연기력을 인정받기 위해 저는 녹음 스튜디오에서 계속 지장보살님 연기를 했답니다.

……대충 이렇게 녹음 현장을 견학하러 갔지만 엄청나게 긴장했다는 이야기입니다. 저 외에는 아무도 긴장하지 않아서인지 그분들의 재능이 완벽하게 발휘된 멋진 애니메이션이 완성됐어요.

대사 녹음 얘기를 하다 보니 목소리 연기 관련 내용이 주가 됐는데, 그 외에도 최고였습니다.
PV를 처음 보고 유미엘라가 움직이는 모습을 직접 목격했을 땐 감동스러웠고, 애니메이션 길이에 맞춰서 매 화 대본을 써 주시는 각본가님도 정말 대단해요!
애니메이션은 지금까지와는 비교도 안 되게 많은 분이 관련되어 있죠. 제가 모르고 다 알 수도 없는 곳에서 중요한 역할을 해 주시는 분이 백 명은 넘게 계시지 않을까 생각합니다.
저 혼자서 투고하기 시작한 이 소설이 이렇게 되다니…… 정말 감사할 따름입니다.

여느 때처럼 하려던 말이 난잡해졌네요. 도중에 본론과 상관없는 얘기까지 쓴 것 같은 기분이 드는군요.
하려던 말은 " '악역 영애 레벨 99' 와 관련이 있는 모든 분께 감사합니다!" 와 "신칸센 대단해!" 입니다.
둘 다 거짓 없는 제 본심이고 무슨 일이 있어도 변하지 않을 마음입니다.
그런고로 애니메이션 '악역 영애 레벨 99' 를 잘 부탁드립니다!

그리고 만화 이야기입니다.
만화판 '악역 영애 레벨 99' 도 계속될 예정입니다. 애니메이션에서도 그 유전자가 느껴지는 몰랑몰랑한 유미엘라가 너무너무 귀여워요. 애니메이션에 지지 않는 미디어믹스를 거의 혼자서 이끌고 계시는 노코미 선생님께는 정말이지 송구스러워서 고개를 들 수가 없습니다. 항상 감사합니다.

마지막으로 이 소설 6권 이야기입니다.

계속 신세 지고 있는 Tea 선생님의 일러스트가 이번에도 대단합니다. 특히 표지와 권두 컬러 일러스트는 부자연스럽지 않은 범위 내에서 좌우를 분명하게 그려 주셨더라고요. 개인적으로 이번 표지가 지금까지 본 것 중에서 제일 좋아요! 아, 하지만 1권도 좋고 3권도…… 전부 좋아요. 항상 감사합니다!

아직 본편을 안 읽으신 분은 제가 언급한 좌우가 무슨 뜻일지 기대해 주세요. 다 읽으신 분은 일러스트를 다시 한번 확인해 보시면 재밌을 거예요.

항상 신세 지고 있는 편집자님, 일러스트레이터 Tea 선생님, 출판에 관련되신 모든 분, 계속해서 이 책을 구입해 주신 여러분, 정말 감사합니다.

악역영애 레벨 99
히든 보스는 맞지만 마왕은 아니에요 〈6〉

2025년 02월 10일 제1판 인쇄
2025년 02월 20일 제1판 발행

지음 타나바타 사토리 | **일러스트** Tea

번역 유시우

제작 · 편집 노블엔진 편집부

발행 데이즈엔터(주)
등록번호 제 2023-000035호
주소 07551 서울특별시 강서구 양천로 570 NH서울타워 19층
대표전화 02-2013-5665

ISBN 979-11-380-5647-2
ISBN 979-11-6524-753-9 (세트)

AKUYAKU REIJO LEVEL 99 Vol.6 ~WATASHI WA URA BOSS DESU GA MAO DEWA ARIMASEN~

구매 시 파손된 도서는 구매처에서 교환하실 수 있습니다.
기타 불편사항, 문의사항이 있으신 독자님께서는 노블엔진 홈페이지
[http://novelengine.com] 에서 Q&A 게시판을 이용해 주시기 바랍니다.